SV

Peter Handke
Kindergeschichte

Suhrkamp

© Suhrkamp Verlag Frankfurt am Main 1981
Alle Rechte vorbehalten
Satz: LibroSatz, Kriftel
Druck: Graphische Betriebe R. Oldenbourg, München
Printed in Germany

Damit endete der Sommer.
Im darauffolgenden Winter . . .

Ein Zukunftsgedanke des Heranwachsenden war es, später mit einem Kind zu leben. Dazu gehörte die Vorstellung von einer wortlosen Gemeinschaftlichkeit, von kurzen Blickwechseln, einem Sich-dazu-Hokken, einem unregelmäßigen Scheitel im Haar, von Nähe und Weite in glücklicher Einheit. Das Licht dieses wiederkehrenden Bildes war die Düsternis, kurz bevor es zu regnen anfängt, in einem grobsandigen leeren Hof, der von einem Grasnarbenkranz eingefaßt wird, vor einem nie deutlichen, nur im Rücken gefühlten Haus, unter dem dichtgefügten Laubdach hoher, breiter, hier und dort rauschender Bäume. Der Gedanke an ein Kind war so selbstverständlich wie die beiden anderen großen Zukunftserwartungen, welche von der nach seiner Überzeugung ihm bestimmten und sich seit je in geheimen Kreisen auf ihn zubewegenden Frau handelten, und von der Existenz in dem Beruf, wo allein ihm eine menschenwürdige Freiheit winkte; ohne daß freilich diese drei Sehnsüchte auch nur einmal in einem Bild zusammen erschienen.

Am Tag der Geburt des gewünschten Kindes stand der Erwachsene dann an einem Sportplatz in der Nähe der Klinik. Es war ein hellsonniger Sonntagvormittag im Frühjahr, in den graslosen Torräumen Pfützen, im Lauf des Spiels zu Schlamm gestampft, aus dem die Dunstschwaden aufstiegen. In der Klinik erfuhr er, daß er zu spät kam; das Kind sei schon da. (Er hatte wohl auch eine Scheu empfunden, bei dem Geburtsvorgang Augenzeuge zu sein.) Seine Frau wurde an ihm vorbei durch den Flur gefahren, den Mund weiß ausgetrocknet. Die Nacht davor hatte sie allein in einem sonst fast leeren Bereitschaftsraum auf dem sehr hohen Räderbett gewartet; als er ihr etwas zu Hause Vergessenes dorthin nachbrachte, hatte sich zwischen den beiden, dem mit einem Plastiksack in der Tür stehenden Mann und der auf dem hohen metallischen Gestell mitten im kahlen Zimmer liegenden Frau, ein Augenblick tiefer Sanftheit ergeben. Der Raum ist ziemlich groß. Sie befinden sich in einem ungewohnten Abstand voneinander. Auf der Strecke von der Tür zum Bett glänzt der nackte Linoleumboden im weißlichen, sirrenden Neonlicht. Das Gesicht der Frau hatte sich schon im Anschaltgeflacker ohne Überraschung oder Erschrecken dem Eintretenden zugewendet. Hinter diesem dehnen sich die weitläufigen, halbschattigen Korridore und Stiegenhäuser des Gebäudes, lang nach Mitternacht, in einer einmaligen, durch nichts zu störenden, in den leeren Stadtstraßen dann weiterschwingenden Aura des Friedens.

Als dem Erwachsenen durch die Trennglasscheibe das Kind gezeigt wurde, erblickte er da kein Neugeborenes, sondern einen vollkommenen Menschen. (Nur auf dem Photo war es dann das übliche Säuglingsgesicht.) Daß es ein Mädchen war, war ihm sofort recht; doch im anderen Fall – das wußte er später – wäre es die gleiche Freude gewesen. Hinter dem Glas wurde ihm nicht eine

»Tochter« entgegengehalten, oder gar ein »Nachkomme«, sondern ein Kind. Der Gedanke des Mannes war: Es ist zufrieden. Es ist gern auf der Welt. Allein die Tatsache Kind, ohne besonderes Kennzeichen, strahlte Heiterkeit aus – die Unschuld war eine Form des Geistes! – und ging wie etwas Diebisches auf den Erwachsenen draußen über, so daß die beiden dort, ein für alle Male, eine verschworene Gruppe bilden. Die Sonne scheint in den Saal, und sie befinden sich auf einer Hügelkuppe. Es war nicht bloß Verantwortung, was der Mann bei dem Anblick des Kindes fühlte, sondern auch Lust, es zu verteidigen, und Wildheit: die Empfindung, auf beiden Beinen dazustehen und auf einmal stark geworden zu sein.

Zu Hause in der leeren Wohnung, wo aber schon alles für die Ankunft des Neugeborenen gerichtet war, nahm der Erwachsene ein Bad, so ausgiebig wie nie, als hätte er gerade die Strapaze seines Lebens hinter sich. Er war zu der Zeit auch wirklich gerade mit einer Arbeit fertig geworden, in der er das Selbstverständliche, Beiläufige und doch Gesetzmäßige einmal erreicht zu haben glaubte, das ihm als Ziel vorschwebte. Das Neugeborene; die gut beendete Arbeit; der unerhörte mitternächtliche Moment der Einheit mit der Frau: zum ersten Mal sieht sich da der in dem heiß dunstenden Naß ausgestreckte Mensch in einer kleinen, vielleicht unscheinbaren, aber ihm entsprechenden Vollendung. Es zieht ihn hinaus ins Freie, wo die Straßen jetzt für einmal die Wege einer anheimelnden Weltstadt sind; das Für-Sich-Gehen in ihnen an diesem Tag ist ein Fest. Dazu gehört auch, daß niemand weiß, wer ich gerade bin.

Es war die letzte Einheit für lange. Als das Kind ins Haus kam, schien es dem Erwachsenen, als erlebte er selber einen Rückfall in eine beengte Jugend, wo er oft ein bloßer Aufpasser für die jüngeren Geschwister gewesen war. In den vergangenen Jahren waren die Kinos, die offenen Straßen, und damit das Unseßhafte ihm in Fleisch und Blut übergegangen; nur so, meinte er auch, gäbe es den Raum für die Tagträume, in denen das Dasein als etwas Abenteuerliches und Nennenswertes erscheinen konnte. Aber hatte in all dieser Zeit der Ungebundenheit das »Du mußt dein Leben ändern« nicht immer neu als ein Flammensatz gewirkt? – Jetzt wurde das Leben notwendig grundanders, und er, zuvor höchstens auf ein paar Umstellungen gefaßt, sah sich zu Hause gefangen und dachte auf den stundenlangen Kreisen, mit denen er nachts das weinende Kind durch die Wohnung schob, nur noch phantasielos, daß das Leben nun für lange Zeit aus sei.

Auch in den Jahren zuvor war er mit seiner Frau oft uneins gewesen. Zwar achtete er die Begeisterung und zugleich Skrupelhaftigkeit, womit sie ihre Arbeit verrichtete – es war mehr ein Zaubern als ein Verrichten, so daß den Außenstehenden jede Arbeitsanstrengung unsichtbar blieb –, und hielt sich überhaupt für sie verantwortlich; jedoch insgeheim glaubte er immer wieder zu wissen, daß sie nicht die richtigen füreinander waren, und daß ihr Zusammenleben eine Lüge und, gemessen an dem Traum, den er von sich und einer Frau einst gehabt hatte, geradezu eine Nichtigkeit sei. Manchmal verfluchte er diese Ehe bei sich sogar als den Fehler seines Lebens. Aber erst mit dem Kind wurde die episodische Uneinigkeit zu einer wie endgültigen Entzweiung. Wie sie nie richtig Mann und Frau gewesen waren, so waren sie auch von Anfang an kein Elternpaar. Nachts zu dem unruhigen Kind zu gehen, war für ihn selbstredend, durfte für sie aber nicht sein, und wirkte schon für sich als ein Grund zu böser Stummheit, fast Feindschaft. Sie hielt sich an die Bücher und die Verhaltensregeln der Fachleute, die er allesamt, so erfahrungsbestimmt sie auch sein mochten, verachtete. Sie empörten ihn sogar, als unerlaubte und vermessene Eingriffe in das Geheimnis zwischen ihm und dem Kind. War denn nicht schon der erste Augenschein – das von den eigenen Fingernägeln zerkratzte und doch wie friedfertige! Gesicht des Neugeborenen hinter der Glasscheibe – so weltbewegend wirklich gewesen, daß jeder, der es nur sah, wissen mußte, was zu tun war? Eben das wurde nun die wiederkehrende Klage der Frau: sie sei in der Klinik um jenen Leitblick betrogen worden. Durch äußeres Zutun habe sie den Moment der Geburt versäumt, und so sei ihr, für immer, etwas verlorengegangen. Das Kind sei ihr unwirklich; daher die Angst, etwas Falsches zu tun, und die Befolgung der fremden Regeln. Der Mann verstand sie nicht: War ihr das Kind nicht gleich danach sozusagen in die Arme gelegt worden? Zudem sah er doch, daß sie damit nicht nur geschickter, sondern auch geduldiger umging als er? Blieb sie nicht stetig und geistesgegenwärtig bei der Sache, während er, kaum war jene kurze Seligkeit erreicht, wo es war, als könnte man sich mit der streichelnden Hand gleich, durch einen einzigen noch ausstehenden, den grenzlösenden Pulsschlag, ganz als ein Lebens- und Ruhezauber auf das schlaflose oder kranke andere Wesen übertragen, oft die Kraft verlor und bloß noch gelangweilt, geradezu mit einer Gier, hinweg ins Freie zu kommen, neben dem Säugling die Zeit absaß?

Zudem scheint es in einer solchen Lage ein Gesetz zu sein, daß auch von außen sich fast nur die feindlichen Mächte zeigen. Kaum ist das Kind im Haus, wird zum Beispiel auf der anderen Straßenseite mit dem Bau eines sogenannten »Großprojekts« begonnen, und die Tage wie die Nächte hallen von den Dampframmen; so daß eine Haupttätigkeit des Erwachsenen zu dieser Zeit die Briefe an eine Bauleitung sind, deren Reaktion dann endlich doch ein Erstaunen ist: denn es sei »das erste Mal, daß«, udgl.

Dennoch können diese Widrigkeiten, auch schmerzhaften Bedrückungen und Lähmungen, im nachhinein nur willentlich herbeigedacht werden. Was gegenwärtig blieb und was zählte, war jeweils ein Bild, auf welches das Gedächtnis, ohne Vorsatz zur Verklärung, mit der Gewißheit: »Das ist mein Leben«, wie in einem dankbaren Triumph zurückkam; diese *Erinnerungsschimmer* offenbarten dann auch an jenem Abschnitt, der den Daten nach eigentlich Apathie bedeutete, eine darin doch fortdauernde und weiterführende Daseinsenergie. – Die Frau nahm bald ihre Arbeit wieder auf, und der Mann führte das Kind auf langen Spaziergängen in der Stadt umher. In der Gegenrichtung zum gewohnten bevölkerten Boulevard zeigten sich jetzt alte dunkle einheitliche Bezirke, wo das Erdreich mit vielen Farben durchscheint und in die Pflasterung der Himmel hineinwirkt, wie zuvor noch nirgends in der Stadt. Diese wird so erst, und mit den Hebelbewegungen am Wagen zwischen Gehsteigen und Straßen, die Geburtsstadt des Kindes. Laubschatten, Regenlachen und Schneeluft stehen für die noch nie so deutlichen Jahreszeiten. Eine eigene, neuartige Örtlichkeit bildet auch jene »Bereitschaftsdienstapotheke«, wo nach einem Lauf durch ein Schneetreiben in einem weiträumigen Feierabendschein das nötige Medikament ausgehändigt wird. An einem anderen Winterabend ist in der Wohnung der Fernseher angeschaltet; davor der Mann mit dem Kind, das um ihn herum ist und endlich erschöpft auf ihm einschläft, wodurch das Fernsehen, mit der wärmenden kleinen Last auf dem Bauch, einmal die reine Freude ist. Von einem Spätnachmittag an einer leeren S-Bahn-Station weit draußen bleibt sogar das Gefühl eines Heiligen Abends (der da auch tatsächlich bevorstand): obwohl allein auf dem Bahnsteig, stellt der Erwachsene dort nicht den neugierigen Herumtreiber oder einen Einsamen von früher dar, sondern einen Kundschafter, auf Quartiersuche für die ihm Anvertrauten (ging es nicht auch wirklich um einen Wohnungswechsel?). Der ungewohnt freie, glashelle Warteraum; der geschlossene und doch wohlversorgte Kiosk; die Schneeluft in der Senke unten, wo die gekurvten Schienenpaare als Fernlichter glänzen: das alles sind gute Nachrichten, die er mit nach Hause bringen wird.

Überhaupt handelt jedes Lebensinbild dieses ersten Jahres von dem Kind – das andrerseits in kaum einem davon leibhaftig vorkommt. Auch zu einem gleichgültigen Zurückdenken gehört die Frage: Wo war eigentlich das Kind in dem Moment? Ist die Erinnerung aber Wärme, und ihr Gegenstand ein dunkles, wie in einer Arkade die Zeiten überdauerndes Farbgefühl, dann gilt: das Kind ist in der Nähe, in Sicherheit und Geborgenheit. Ein solcher Blick geht durch eine betonierte Toröffnung tief hinunter auf den noch leeren Rasen eines mächtigen Stadions, den das Flutlicht trotz der Jahreszeit – weiße Atemwolken überall auf den Rängen – in einem frischen Grün blühen läßt, und wo gleich eine berühmte ausländische Mannschaft zu einem Freundschaftsspiel einlaufen wird; oder von dem Oberdeck eines Linienbusses durch die regenbenetzte Frontscheibe auf die sich mit der Fahrtdauer vervielfältigenden Stadtfarben, aus denen sich endlich aus dem sonst so unübersichtlichen Straßengewirr etwas wie eine gastfreundliche City zusammenfügt. Im Gedächtnis wird sogar die Periode, da Mann und Frau noch allein lebten, zur Zeit vor dem Kind: die Vorstellung von ihnen beiden entspricht einem Bild des Malers, das einen jungen Menschen zeigt, der mit gesenktem Kopf an einem Meeresufer steht, wie wartend die Hände in die Hüften gestützt; hinter ihm nichts als ein heller Himmelsraum, an den gewinkelten Armen aber mit deutlichen Wirbeln und Strahlen gezeichnet, die ein Betrachter mit den geflügelten Geistern verglich, von denen in einer früheren Kunst die Hauptgestalten umschwebt würden: – und so sah der Mann später einmal auch ein Photo von sich und der Frau, als sei die leere Luft zwischen ihnen schon von dem Ungeborenen beflügelt.

Das die Folge Bestimmende in jenem ersten Jahr war freilich nicht die Harmonie, sondern ein Zwiespalt, den die damaligen Zeitereignisse besonders deutlich machten. Die herkömmlichen Lebensformen waren für die meisten der Generation »der Tod« geworden, und die neuentstehenden wurden zwar endlich nicht mehr von einer äußeren Obrigkeit angeordnet, zwangen sich aber trotzdem auf mit der Macht eines allgemeinen Gesetzes. Der nächste Freund, den man sich zuvor in seinem Zimmer, auf der Straße oder im Kino nur beharrlich allein vorstellen konnte (und der einem vielleicht auch bloß darum immer so nah gewesen war), wohnte auf einmal mit mehreren, ging auf dem Boulevard eingehängt mit vielen, sprach, früher oft quälend stumm, mit unheimlich gelöster Zunge im Namen aller und wirkte im Recht gegen den einzelnen, für sich Bleibenden, welcher eine Zeitlang sogar von sich in seinem Beruf als dem lächerlichen »letzten der Art« dachte. Das Kind kam ihm dann vor wie seine Arbeit: als seine Ausrede vor der aktuellen Weltgeschichte. Denn er wußte, daß er, auch ohne Kind oder Arbeit, von Anbeginn weder willens noch fähig war, sich auf diese als Handelnder einzulassen. So

nahm er halbherzig an ein paar Versamm-
lungen teil, wo jeder dort gesprochene Satz
eine geisttötende Untat war, und hielt die
Flammenrede, mit der er ihnen ein für alle
Male das Wort verbieten wollte, immer erst
für sich beim Weggehen. Einmal schloß er
·sich sogar einer Demonstration an, aus der
er freilich nach einigen Schritten wieder ver-
schwand. Sein Hauptgefühl in den neuen
Gemeinschaften war eine Unwirklichkeit,
schmerzhafter als zuvor in den alten: diese
hatten noch die Phantasie einer Zukunft er-
möglicht – jene traten selber als das einzig
Mögliche, als Zwangszukunft auf. Und da
die Stadt sozusagen ein Hauptschauplatz der
Umordnung war, gab es vor ihnen auch kein
Entkommen. Vielleicht gerade wegen seiner
Unentschiedenheit wurde er für sie zu einer
Adresse. Längst hatte er in ihnen eine andere
feindliche Macht erkannt und schwor ihnen
nur deswegen nicht ausdrücklich ab, weil die
von ihnen Bekämpften seit jeher auch seine
Erzfeinde waren. So zog er sich wenigstens
bald zurück. Aber einzelne oder kleine

Gruppen kamen auf ihren täglichen Stadt-
streifzügen immer wieder bei ihm vorbei.
Nie sollen die Blicke vergessen werden, mit
denen die Eindringlinge von dem anderen
System (wie der Mann sie da sah) dann das
Kind in der Wohnung bedachten! – wenn sie
es überhaupt wahrnahmen: es war, ohne besondere Absicht, eine Beleidigung des da
herumliegenden Geschöpfes, seiner sinnlosen Laute und Bewegungen, und bedeutete
eine Verachtung des Alltagskrams, so nach-
fühlbar wie ergrimmend. Es war der Zwiespalt: statt diesen Grundfremden (die auch
nie »hier ankommen« würden) die Tür zu
weisen, ging er in der Regel mit ihnen weg
– als würde ihre Anwesenheit im Haus dem
Kind die Atemluft wegnehmen – und saß in
ihren Unterkünften entweder gleich ihnen
nachtlang mit einem Kopfhörer vor dem
tonlos laufenden Fernseher, oder war der
höflich stumme Zeuge ihrer immer leicht
konspirativen und zugleich wie offiziellen
Beredungen, wo jeder zwanglose, für sich
allein sprechende Satz eine Peinlichkeit ge-

wesen wäre: in beiden Fällen mit einem Gefühl der Schuld und der Verdorbenheit, weil er, der doch überzeugt war, zuzeiten die Wahrheit zu wissen, und durchdrungen von seiner Verpflichtung, diese weiterzugeben, durch sein bloßes Dabeisein solch künstliche Existenzen in ihrem lügnerischen Leben bestärkte.

Es war eine Zeit ohne Freunde; auch die eigene Frau eine ungute Fremde geworden. Umso wirklicher dann das Kind, auch durch die Reue, mit welcher der Mann jeweils buchstäblich zu ihm heimflüchtete. Langsam geht er durch das verdunkelte Zimmer auf das Bett zu und sieht sich dabei selber von oben und von hinten, wie in einem monumentalen Film. Hier ist sein Platz. Schande über all die falschen Gemeinschaften, Schande über das fortgesetzte feige Verleugnen und Verschweigen meiner einzigen Zugehörigkeit! Schande über meine Beflissenheit vor eurer Aktualität! – So wurde es ihm allmählich zur Gewißheit, daß für seinesgleichen seit je jene andere Weltgeschichte galt, die ihm damals an den Linien des schlafenden Kindes erschien. – Und doch steht im Gedächtnis der diagonale Weg durch das atemwarme Zimmer im Zusammenhang mit dem einstimmigen Angriffsgebrüll eines Polizeitrupps drunten auf der nächtlichen Straße, wie es entmenschter und höllenhafter nie gehört worden ist.

Das alles wirkte mit an der Geschichte des Kindes, von dem persönlich, abgesehen von den üblichen Anekdoten, dem Erwachsenen nachher als das Bezeichnende blieb, daß es sich freuen konnte, und daß es empfindlich war.

2

Es war, als sei durch die Ankunft des Kindes eine Verhandlung eröffnet worden, die schon bald von dem Mann seine Entscheidung verlangte. Wie üblich brauchte er lange bis zu einem Entschluß, aber als es dann, im folgenden Winter, endlich dazu kam, war das wieder, wie je, zugleich ein zwingender Vorschlag: sie würden also zu dritt für eine Zeitlang weg, in ein anderes Land, gehen; und bei dieser Vorstellung erschaut der Mann sich mit der Frau und dem Kind einmal als eine Familie (die doch für ihn sonst »des Teufels« war).

Glorreicher Tag im März, als das weiße Email einer leeren Küche von der Stadt der Sehnsucht widerscheint, die vor dem Fenster weithin die vielbesungenen Dachflächen ausbreitet. Die neuartigen Metallstifte an den Lichtschaltern blinken, und die mitgebrachten Elektrogeräte brummen wirkungslos unter der für sie zu schwachen Stromspannung. Es war nicht bloß ein Umzug, sondern ein wie endgültiges Auswandern an den, auch für das Kind, einzig richtigen Ort. An dem Tisch vor der Balkontür wird es wie noch nirgendswo Abend und Morgen, und sie sitzen darin ein wenig bang, aber festumrissen bei ihren ersten gemeinsamen Mahlzeiten und haben ein neues Leben angefangen.

Dabei erwies sich die Stadt als ganz verschieden von der Metropole, wie sie sich auf den kurzen Besuchen davor gezeigt hatte. Statt wie erhofft sich auszudehnen mit den Legionen von Kinos, Cafés und Boulevards, blieb sie auf einen Kreis aus Apotheken, Selbstbedienungsläden und Waschautomatensalons beschränkt, der kleiner war als je ein Kreis zuvor. Die weiten freien Plätze der ganzen Stadt waren ersetzt durch die engen, von Baumkronen und Häuserfronten beschatteten Squares des Wohnsitzviertels, die, auf den täglichen Ausgängen mit dem Kind auf dem Arm, immerfort von den schweren Eisengattern knallen und mit der Zeit ein besonderes Weichbild aus sandigen, staubigen, von Hundedreck gesprenkelten Erdflächen vorstellen. Die einzigen entfernteren Ziele sind nun die nur mit langen Métrofahrten zu erreichenden Parkwälder im Stadtosten und -westen; und jener eine Square, wo nicht bloß Bänke, sondern auch Buden und Karussells stehen. Dieser befindet sich tief in einem anderen Viertel, schon jenseits des inneren Boulevardrings, und von der Wohnung aus ist es zu Fuß hin und zurück jeweils ein Nachmittagsweg, durch eine Vielfalt von meist schmalen Straßen, mit einem jähen Wechsel von Stille und Krach, Düsternis und Grauglanz, Regenschauer und schon wieder Trockenheit (der Ozean ist nicht fern). Auch eine lange Brücke wird dabei überquert, schluchttief unten gleichsam ein Hundert von Eisenbahnschienen, die aus dem nahen Großbahnhof in eine mächtige, lufterfüllte Schneise wegführen, zwischen zwei Häuserstellufer der Horizontbogen eingesenkt, mit seinen Wirbeln und Schwaden und dem Fernzuggebrause eine Vorwegnahme des Atlantiks dahinter.

In der fast täglichen Wiederholung dieses Wegs hörte das Kind auf, eine Traglast zu sein, und verwandelte sich in einen Körperteil des Trägers; und jener *Square des Batignolles* wurde im Lauf der Nachmittage ein Ortsname, der, allein als Name, dem Erwachsenen für einen ewigen Moment mit dem Kind steht.

An einem Frühlingsabend erblickt er es dort – im Inbild »dort *oben*« – an einer Sandstelle. Es spielt für sich in einer Schar etwa Gleichaltriger, die wie es noch nicht gehen können. Dämmerungsstimmung, auch von dem Laubdach über den Kindern; eine laue und klare Luft, einzelne Gesichter und Hände darin besonders hell. Er beugt sich zu der Gestalt im roten Gewand. Sie erkennt ihn, und ohne daß sie lächelt, geht ein Glanz von ihr aus. Sie ist zwar nicht ungern unter den andern, aber sie gehört zu ihm und hat ihn längst erwartet. Jetzt erscheint dem Erwachsenen wieder, noch stärker als bei der Geburt, hinter den babyhaften Zügen das erleuchtete allwissende Antlitz, und er empfängt aus den ruhigen, alterslosen Augen kurz und für immer den Freundschaftsblick; etwas zum Beiseitegehen und Weinen.

Später im Frühling saß das Kind da allein auf einem Karussellpferd. Der Platz wirkt an seinen Rändern schaumweiß wie eine Klippe; es hat gerade erst zu regnen aufgehört. Ein erster Ruck geht durch das anfahrende Ringelspiel, und das Kind, in einer neuartigen Entferntheit von dem Erwachsenen, schaut kurz auf, vergißt sich aber sofort in der Kreisfahrt und hat dann keine Augen für etwas anderes mehr. Der Mann erinnerte sich dazu später an einen Moment aus seiner eigenen Kindheit, als er einmal seine Mutter, obwohl mit ihr doch im selben kleinen Zimmer, in einem herzzerreißenden, wie zum Himmel schreienden Abstand von sich empfand: Wie kann diese Frau dort jemand anderer sein als Ich hier? Der Blick auf das Karussell mit der versunken kreisenden Gestalt ist jetzt der zugehörige Gegensatz: Dem Erwachsenen zeigt sich sein Angehöriger erstmals als jemand Selbständiger, unabhängig von dem da stehenden Elternteil – und soll in solcher Freiheit auch bestärkt werden! Der trennende Raum zwischen den beiden strahlt sogar als etwas Triumphales, und der Mann sieht sich und die kleine Reiterfigur dort als eine Beispielgruppe, hinter der jetzt mit Macht die künstliche Kaskade des Square aufrauscht. Das Wünschen wird möglich; zugleich damit ein Bewußtsein der Befristung, das aber anders schmerzlich ist als einst das Nichtdenkenkönnen der Verschiedenheit.

Im folgenden Herbst, als das Kind dann gehfähig war, fuhren sie zu zweit oft zum Stadtrand hinaus. Es saß bewegungslos in der Untergrundbahn, mit dunklen, bei der Einfahrt in die Stationen kurz blinzelnden Augen. An einem warmen Oktobertag lag der Erwachsene lesend draußen im Gras eines schütteren Parkwalds, in den Augenwinkeln das Kind als Nahfarbe, welche ihm dann einmal aus dem Blickfeld gerät und nicht wiederkommt. Als er aufschaut, sieht er es schon weit weg zwischen den Bäumen gehen. Er läuft ihm sofort nach, ruft es dann aber nicht, sondern folgt ihm in einiger Entfernung. Es geht stetig geradeaus, auch wenn da kein Weg ist. Zwischen den beiden kreuzen immer wieder Spaziergänger mit Hunden, von denen einer im Vorbeirennen einmal das Kind umstößt. Es steht gleich auf und geht, ohne einen Blick für das Tier, in seiner Richtung weiter. An einem Rinnsal, dessen kaum fließendes Wasser schwarz von hineingewehten Blättern ist, paaren sich gerade zwei Truthähne, deren männlicher Teil danach zur Seite torkelt, einknickt und zu Boden fällt. Das Kind hört nicht auf zu gehen; es wird weder schneller noch langsamer; schaut sich auch keinmal um, wendet nicht einmal den Kopf, und scheint auch nicht müde zu werden, wie doch sonst oft schon nach ein paar Schritten. Die beiden durchqueren, immer im alten Abstand, einen kleinen Auenstreifen, wo schon ein Wind von dem nahen Fluß zu spüren ist. (Viel später erzählte das Kind dem Erwachsenen, daß es bei »Auen« ans »Paradies« denke.) Hier liegt unter dem Laub viel morsches Holz, und das Kind gerät dabei hin und wieder ins Stolpern, kommt aber nicht aus seiner Richtung. Es sind eine Menge Leute in dem Park, die jedoch sämtlich einen anderen Weg zu nehmen scheinen; von den Tribünen einer nahen Pferderennbahn das Anfeuerungsgeschrei der Zielkurve. Dem Erwachsenen ist es, als seien sie beide zu Riesen geworden, mit Kopf und Schultern baumwipfelhoch über dem Erdboden, und zugleich den Entgegenkommenden unsichtbar: Sie stellen die Fabelwesen dar, die er sich zeitlebens als die wirklichen Mächte gedacht hat, hinter, über und zwischen den menschlichen Sinnestatsachen. Angesichts des Flusses bleibt das Kind stehen und legt die Hände am Rücken ineinander. Unweit an der Grasböschung sitzen ein anderer Erwachsener und ein anderes Kind, wie ihre Stellvertreter oder Doppelgänger; beide eisessend; und das Flußwasser strömt an den leuchtenden Eiskugeln und Halslinien entlang, die davon schimmern. Halb in den Fluß versunken, die hölzerne Kabinenreihe einer aufgelassenen Badeanstalt. Jenseits des Wassers, gegen Westen, die dichtbebaute Hügelkette, wo auf mittlerer Höhe die unaufhörlichen Vorortzüge orange-weiß-violett dahinwischen. Der Sonnenuntergangshimmel ist silbrig, einzelne Blätter und auch ein ganzer Zweig sind weit ins Leere hinaufgewirbelt. Die Uferbüsche unten wehen jetzt in einer wunderbaren Übereinstimmung mit dem kurzen Kinder-Haar im Vordergrund. Der Augenzeuge fleht einen Segen auf dieses Bild herab und bleibt zugleich nüchtern. Er weiß, daß in jedem mystischen Augenblick ein allgemeines Gesetz beschlossen ist, dessen Form er zum Vorschein bringen soll und das nur in seiner gemäßen Form verbindlich wird; und er weiß auch, daß, die Formenfolge eines solchen Augenblicks freizudenken, das schwierigste Menschenwerk überhaupt ist. – Er hatte dann das Kind angerufen, das sich ohne Überraschung nach ihm umdrehte, wie nach dem für es zuständigen Leibwächter.

In all dieser Zeit blieb der Umgang zwischen ihm und der Frau bestenfalls sachlich, und in Gedanken waren sie oft nur noch »der« und »die« füreinander. Früher, bei der distanzierten Betrachtung ihrer Tätigkeit, oder auf Reisen, oder auch nur in einem noblen Restaurant, ging doch immer wieder der Glanz einer Unberührbarkeit von ihr aus, der dem Mann eine Frau erst zu dem ersehnten Leitbild machte; durch den allein er sie als »seine Frau« sehen konnte; und für den er sie dann, wie nur je ein Auserwählter, begeistert und dankbar verehrte. Jetzt, mit dem Kleinkind, begegnete sie ihm fast ausschließlich in der Beengtheit des Haushalts, wo ihm ihr Anblick gleichgültig wurde und mit der Zeit sogar mißfiel – wie wohl auch er, der sich kaum mehr wie zuvor als »ihr Held« bei seiner einzigartigen Arbeit zeigte, aufhörte, für sie jemand Besonderer zu sein; nicht einmal auf die Entfernung, am Telefon, ein

Ton des Erkennens oder gar der Erwartung: als sei der andere nur noch da wie »der, der immer wieder hier anruft«. Es war auch nachlässig von dem Mann, wie er die freundlichsten, innigsten und geheimsten der stummen Gesten und kleinen Zurufe, wie sie im Lauf der Jahre zu stehenden Wendungen im Umgang mit der Frau geworden waren, anstands- und bedenkenlos auf sein Kind übertrug und sie im nachhinein derart entwertete. Es war fast, als sei das Kind erst das Richtige für ihn, und als brauchte er nun überhaupt keine Frau mehr. Es kam ihm sogar vor, er hätte das Kind der Frau bloß »aufgezwungen« – und das sei aber sein »Glück«. (Viele der heutigen »jungen Mütter«, die er sah, erschienen ihm ohnedies »scheinheilig«; oft sogar als mögliche »Halsdurchschneider«.)

Trotzdem konnte er sich nicht denken, mit dem hilflosen Wesen allein, ohne die Frau, zu sein. In ihrer Abwesenheit sprang er gleichsam nur ein, war ein eher ungeschickter Betreuer und zählte die Tage, bis sie wieder ihre Sorgepflicht übernähme. Er seinerseits sorgte sich wie je um sie: das Beschützen war ihm ernst; ohne ihn würde sie verlorengehen.

Was seine Arbeit in jenem Jahr betraf, so schob er das Große, das ihm vorschwebte, einstweilen auf, ohne daß er es naturgemäß auch nur einen Tag aus den Augen ließ. Die kleineren Dinge, die ihm möglich waren, genügten ihm zunächst ganz: auch sie trugen doch alle sein Zeichen.

3

Es wurde eine Idee, daß das Kind außerhalb des Stadtbetriebes, und nicht in einer Wohnung, sondern in einem Haus, an der Luft, aufwachsen sollte. Schon zu Beginn des folgenden Jahres kam es deswegen zur Rückkehr − einer nicht einmal unfrohen, weil es doch auch eine Rückkehr ins eigene Sprachgebiet war. Später im Frühling war das Grundstück gefunden: Es lag an einem weitgezogenen Waldgürtel, und der Blick ging auf eine horizontlose Flußebene hinunter, wo es Tag und Nacht, zur Erde und im Luftraum, von einer nahen Metropole flimmerte. Die Frau kümmerte sich um das meiste; der Mann sah die Örtlichkeit erst im späten Sommer, als schon der Rohbau dastand. Das Gefühl, mit dem er diesen betrachtet, ist Ungewißheit: zugleich mit einem Anhauch von Freude über die künftige Unabhängigkeit der Gedanke, ein Haus, noch dazu hineingestellt als Neubau in eine bisher unbewohnte Natur, sei heutzutage nicht mehr das Richtige.

Die Zeit bis zur Beziehbarkeit wurde bei einem Freundespaar in der Stadt verbracht. Hier lebten sie erstmals, auf einer großen Etage, mit anderen Leuten eng zusammen, und die Gemeinschaft, die sich nun ergab, in der tagtäglichen Übung schon vorher erkannter Gemeinsamkeiten, erschien dann dem leicht kränkbaren, trotzig einzelgängerischen Mann als eine endlich natürliche. Sonst gewohnt, daß kein Mensch mitfühlte, um was es bei seiner Arbeit ging, und geradezu im voraus zornerfüllt darauf wartend, sich beim ersten Anzeichen der Mißachtung in sein inneres Reich zurückzuziehen, erlebte er da einmal nicht nur die Achtung vor dem Ergebnis seiner Mühsal, sondern ein stetiges Achtnehmen auf die Mühsal selber. Die mehreren, denen er sich jetzt unterschiedslos anvertrauen konnte, halfen ihm endlich auch, statt wie bisher bei seiner Tätigkeit bloß den Lauf der Welt nachzustellen, zusätzlich seine Forderungen an diese hervorzukehren, und die Forderungen wurden zu Bildern – ohne die doch nichts hervorzukehren war – vor allem durch das immer anwesende Kind. In jenem schönen Herbst, keinem mehr im Besonderen angehörend, bewegte es sich, erlösend selbstverständlich, von einem zum anderen, wirkte als die ordnende Instanz und stiftete in den Zimmerfluchten die Einheit. Die ruhige Strenge in seinem Gesicht – ist es nicht vielmehr ein Ruck im Bewußtsein des Betrachters, der sich daran ein Beispiel nimmt? An den Abenden das Oval eines langen Tisches, auf dem Platz vor dem Fenster das Schrillen der Straßenbahnen und die Leuchtschrift einer Gaststätte »Zur Tramwaykehre«.

Aber die Fertigstellung des Hauses verzögerte sich, und die Wohngemeinschaft mußte weit über die vorgesehene Zeit andauern. Jetzt geschah eine Rückverwandlung: die Freunde wurden wieder zu Wohnungsinhabern, und die anderen waren nur noch deren Gäste; und alle erwarteten sie den Tag der Räumung.

Jene Freunde waren ein Paar, das aus freiem Entschluß kinderlos blieb. Einer hatte den andern an Kindesstatt in Pflege genommen, so daß das wirkliche Kind nach dem Ablauf der Besuchszeit den zwischen den beiden im Lauf der Jahre entstandenen, und ihnen lebenswichtig gewordenen Geschmacks-, Geruchs- und Tastraum bedrohte. Sie konnten nun nicht mehr wie gewohnt zusammenstecken, wurden einander ungewiß, und das fremde Kind war dann nicht nur ein Störenfried, sondern ging auch gegen ihre Weltanschauung. Der Erwachsene hatte ja schon manche gelangweilten, überdrüssigen, ruhegestörten und lustlosen Blicke sein Kind treffen sehen — er war vielleicht auch selber der Absender gewesen —: doch noch nie hatten in erstarrten Gesichtern solch unbarmherzige Augen gestanden und sich solch gnadenlose Lidschläge ereignet wie jetzt bei dem kindlosen Leutepaar. Es waren Blicke ohnmächtiger Wut, im Bewußtsein des eigenen Unrechts und zugleich am Ende jeden guten Willens gerichtet gegen das übermächtige, unverschämte Recht der Kreatur. Derartiges zeigten sie jedoch naturgemäß nicht dem Kind – redeten höchstens von Tag zu Tag leiser und sachlicher mit ihm –, sondern ließen es sich anmerken in einer zunehmenden Kritik an den Erziehungsverstößen der Eltern. (Anlaß dazu gab es immer wieder.) Und ihre Einwürfe – oder auch nur ihr stummer Tadel – kamen dem Mann so billig-selbstverständlich vor wie kaltherzig, pervertiert und vermessen.

Später sollte er es noch des öfteren mit weit ärgeren überzeugt-Kinderlosen zu tun bekommen, einzeln oder in Paaren. In der Regel hatten sie einen scharfen Blick und wußten auch, selber in furchtbarer Schuldlosigkeit dahinlebend, im Expertisendeutsch zu sagen, was an einem Erwachsenen-Kind-Verhältnis falsch war; manche von ihnen übten solchen Scharfsinn sogar als ihren Beruf aus. In die eigene Kindheit vernarrt und in das eigene fortgesetzte Kindsein, entpuppten sie sich in der Nähe als ausgewachsene Monstren, und der Betroffene brauchte jedesmal lange Zeit, ihre analytischen Naseweisheiten, die im Innern als Gescharre von Krebsscheren bösartig weiterwirkten, wieder von seiner Seele zu bekommen. Er verfluchte diese selbstgerechten kleinlichen Propheten als den Auswurf der *modernen Zeiten*, hob vor ihnen das Haupt und schwor ihnen die ewige Unversöhnlichkeit. Bei dem antiken Dramatiker fand er den ihnen gebührenden Bannfluch: »Sind Kinder allen Menschen doch die Seele. Wer dies nicht erfuhr, der leidet zwar geringer, doch sein Wohlsein ist verfehltes Glück.« (Etwas anderes selbstredend die gutherzige, so liebenswürdige Trauer und Anteilnahme manch anders Kinderloser.)

So war es, bei allem Unbehagen vor dem ortlosen Neubau und den fast gleichförmigen Nachbar-Neubauten, geradezu eine Rückkehr zur Ruhe und Ordnung, am Ende des Herbstes endlich in ein eigenes Haus übersiedeln zu können.

Und trotzdem bleibt die Hauptzeit bei den Freunden bildbestimmend: als Beispiel für ein Leben in einem luftigeren, gesünderen und weniger geisttötenden Zusammenhang als dem einer kleinen Familie. Es sind da die kühnen Aufschwünge des Alleinseins möglich, ohne welche dem Kopf doch die täglich nötige Weltweite fehlt, und zugleich werden die so oft darauf folgenden Abstürze in die Verlassenheit und Unwirklichkeit verhindert, wo es weder faßbare Dinge noch Sprechen mehr gibt. Auch die Angst um das Kind ist da entkräftet, indem dieses sich nicht mehr, oft bedrängend nah, als das Ein und Alles, sondern, in der richtigen Entfernung, als »eins unter andern« zeigt. Und es selber kommt von der Beschränkung auf das Elternpaar los, jene großmächtigen Pflichtfiguren, die ihm gleichsam den freien Auslauf versperren: in dem erweiterten Kreis erscheinen alle kleiner und werden, wer sie auch sind und wie zerstreut und un-

geschickt sie auch sind, im bloßen Vorübergehen zu Spielpartnern. – Insgesamt
herrschte in jenen Monaten also doch die
schöne Selbstverständlichkeit; ein Gleich-
maß aus verbohrtem Tagewerk und gelö-
sten Feierabenden, aus formen - freiden-
kendem Insichgekehrtsein und formloser
Hinwendung, überhaupt aus Tagen und
Abenden, wie sie der Erwachsene dem
Kind später nie wieder zukommen lassen
konnte, höchstens bei manchen kürzeren
Aufenthalten am Meer.

Dunkler Tag im November, als in dem
kaum geheizten Neubau immerhin ein erstes
kleines Wohnraum-Licht brennt. Auch im
nachhinein bildete sich nie das Gefühl eines
Einzugs in das Haus, einmal, weil dieses
noch lange unfertig blieb, und dann vor
allem, weil es nicht jenen großen Entschluß
gekostet hatte, wie vielleicht ein Haus in
früheren Zeiten, und eher eine bloße An-
schaffung war; wie man sich vielleicht ein
nützliches Gerät anschafft, als Gelegenheits-

kauf. Außerdem war der Mann an seiner Herstellung kaum beteiligt gewesen, während er einst an dem Haus seiner Eltern immerhin so kräftig hatte mittun müssen, daß die Bauzeit mit vielen lebendigen Bildern in der Erinnerung steht. Hier folgte man zunächst nur der Einladung einer örtlichen Partei, wo den Neubürgern das Schnellstraßenprojekt an ihrer Siedlung, die chronische Wasserknappheit und die Entlegenheit der Schulen ausgemalt werden, mit ein paar Nachsätzen des Trostes. Jedenfalls geht der Mann dann voll rätselhaften Weltvertrauens durch die Winternacht heimwärts, wie noch nie zurück zu »meinem Haus« und zu »unserer Siedlung«. Die Schneeluft in der S-Bahn-Senke, wo er vor zwei Jahren stand und von einer Quartiersuche kam, kehrt wieder, und es folgen jetzt wirklich die Flocken, feine Berührungen in der Dunkelheit, Wirbel an den Knicken der Siedlungsgassen, ein Geschwirre oben am Waldrand: absichtslos beschreibt er einen Umweg, auf dem dann die ganze Örtlichkeit, die Flachdachkuben mit dem Waldhintergrund, mit Hilfe der Schneenacht erstmals Gestalt annimmt; die Neubaugäßchen führen in etwas Freies, Geheimnisvolles, Uraltes.

Im folgenden Spätwinter, ein paar Monate nach dem Einzug, ging die Frau aus dem Haus, um neu in ihrem Beruf anzufangen; Wiederholung eines Aufbruchs vor vielen Jahren, und so erst dessen Verwirklichung? Der Weggang entsprach dem Stand der Dinge, und er war keine förmliche Trennung; sie kam, nach einem ersten längeren Ausbleiben, öfter, und gar nicht besuchsweise, zu dem Kind zurück; aber die Tatsache war doch, daß der Mann nun mit diesem allein blieb. Wieder der Zwiespalt: er gab ihr Recht, und zugleich verurteilte er sie. Wie konnte ein Mensch für eine meinetwegen auch eingeborene Neigung von seinem Kind weggehen? War die Verpflichtung »Kind« nicht das Natürliche, Sinnfällige, Einleuchtende, zu dem es nicht einmal eine Frage geben durfte? War nicht jede noch so wunderbare Leistung, die erkauft war mit dem Verleugnen des Offenkundigen, der einzig verbindlichen Wirklichkeit, von vornherein unehrenhaft und ungültig? – Dabei wußte er freilich, daß er, mit seiner besonderen Tätigkeit, ein Begünstigter war: er brauchte sich dafür nicht vom Haus zu trennen wie die meisten, so daß die eine Sphäre im Idealfall den Schwung für die Gegensphäre gab.

Ein solches Glück war es auch für die erste Zeit allein mit dem Kind, daß Tag für Tag eine schon zuvor begonnene Arbeit weiterzuführen war. Gleich am Mittag des Abschieds, in der Schlafstunde des Kindes, zieht es den Erwachsenen geradezu diebisch zu seinem Stückwerk hin, wo dann die erste weiterführende Anknüpfung sich wie in einem Triumph gegen den Lauf der Welt stellt (und das »Weiter!« jenes Tages dient ihm später noch oft als sein heimlicher Leitspruch).

Doch bald nach dem Abschluß der Arbeit, durch die immer wieder in das ummauerte

Zimmer etwas von »draußen«, vom »Freien« hineingewirkt hatte, bedeutete das Haus mit dem Kind eine schlimmere Eingeschlossenheit und Unbeweglichkeit als je zuvor. Damit erst kam die Verlassenheit; als deren Bild freilich der Andere, das für sich spielende Kind erscheint: allein im Raum mit dem steif herumstehenden Mann, springen bloß von der Tatsache seines Haarwirbels, der Schulterrundung, der nackten Füße den Zuschauer Jammer und Verlorenheit an, wie nur je bei einer Schicksalstragödie – während das Kind in Wirklichkeit (das wurde dann zur Gewißheit) kaum einen Unterschied zu früher sah; es war wohl schon daran gewöhnt, daß sich jeweils nur ein Elternteil um es kümmerte, und stellte später ein für alle Male fest: »Hauptsache, einer von euch ist da.«

In diesen Wochen der Fassungslosigkeit war zwar keine Zukunft denkbar, doch es gab auch keinen Wunsch nach irgendeinem Zurück. Es wurde eine Erkenntnis, daß das Geschehene etwas Unabänderliches war, und so vergingen dem Mann die Tage allein mit dem Kind, anders als zuvor, nicht mehr als eine bloße Zwischenzeit. Er zählte sie wohl immer noch, aber das war jetzt eine neue Rechnungsart, wobei es auch nicht sein durfte, daß er einen Außenstehenden um Hilfe anrief. Keine Frage: Nur *er* wird jetzt verlangt, und er höchstpersönlich; unmöglich also auch das bis dahin übliche bloße Mittun bei ungestörter Selbstversunkenheit, wie (so denkt er dann einmal unwillkürlich) »vor dem Krieg«. Ja, der Gang der inneren Ereignisse – der freie Ablauf der Tagträume – ist endgültig gestört: durch jenen Ernstfall, den er doch vorher, im faulen Frieden, immer wieder als den Anstoß zu einem endlich ganz geistesgegenwärtigen, endlich ganz wachen, dem gehörigen Leben gedacht hat. Und so unscheinbar und kläglich der Ernstfall auch auftritt, der Gedanke gilt: der Erwachsene fügte sich nicht etwa ergeben in die Lage, sondern wollte sich mit dieser einverstanden. Seine neue Zeitrechnung, auf kein Ende mehr hin, war dafür ein kleines, stolzes Zeichen; und das andersartige Zählen half ihm oft weiter. »Zählen und leben.«

Das war die Idee – die auch in jedem einzelnen Handgriff praktizierbar war; es wurde nichts Menschenunmögliches von ihm verlangt, nur das Lassen der Gewohnheiten. Aber in der Alltäglichkeit versagte er dann oft. Erst hier zeigte sich, daß er, der doch wie kaum jemand sich erhaben geglaubt hatte über alles Eingefleischte, genauso davon besessen gewesen war wie die andern: wie sie bestand er durch und durch aus Gewohnheiten – und nur diese gaben überhaupt so etwas wie einen geregelten Lebenskreis. Von seinen persönlichen Bräuchen abgeschnitten (die ihm nun in der Entferntheit sämtlich als schön erschienen), erfuhr er die fast ausschließlich aus Kindergeräuschen und Kindersachen bestehende, im Kinderzeitrhythmus ablaufende Tagtäglichkeit, arbeitslos, wie er zudem war, immer heftiger als brutales und sinnloses Verhängnis. Die Dinge standen schräg, böse und unwirklich wie sonst nur Waffen, die Zwischenräume ohne Luft wie in den entsprechenden Kammern; und im Kopf des da hinein Verbannten eine Verworrenheit, in deren Blickfeld wiederum nur feindseliges Durcheinander herrschen konnte. Erst viel später lernte er, den Kinderkram nicht nur zu dulden, sondern überdies, so gedankenlos oder sogar verächtlich verstreut auch alles erscheinen mochte, die Ordnung in der Unordnung zu erkennen und sich darin, wie das Kind, zu Hause zu fühlen (es brauchte nur einen freien Moment und ein entschlossenes Hinblicken, und das harmonische Muster entfaltete sich dann, in dem gräßlichsten Wirrwarr). Zunächst aber wurde er ergriffen von Ordnungswut, die eher ein Gefuchtel in der Luftleere war, empfand dabei eine bösartige Verdummung, und weil ihm sonst fast niemand mehr unter die Augen kam, beschuldigte er dafür in der Dummheit das Kind.

Mit der Zeit verlor der auf das Haus Beschränkte und doch dort kaum zur Ruhe Kommende schließlich jeden Sinn für die Farben und Formen, wie auch für den Abstand und die Staffelung der Gegenstände, sah sich, im blicktrübenden, unseligen Zwielicht, von diesen umstellt wie von blinden Spiegeln, und das Kind trieb sich da um als ein undeutliches Ding unter andern. Es war die Unwirklichkeit; und Unwirklichkeit heißt: Es gibt kein Du. Die Folge war der Ungeist, kaum mehr unterscheidbar vom Wahnsinn. Der Entgeisterte hatte sich nicht mehr in der Gewalt, und die Angst machte ihn zusätzlich willenlos. Und es kam der Tag der Schuld, und die Stunde des Kindes. Nach einer Regennacht, schon weit im Frühjahr, stand der untere Teil des Neubaus voll Wasser. Das war schon ein paarmal vorgekommen, und an diesem Morgen reichte es so hoch wie noch nie; eine richtige Überflutung (nach den üblichen, nutzlosen Briefen »an eine Bauleitung«). Der Schlaftrunkene starrte auf das bräunliche Gewässer mit Mordgedanken. Von oben rief wieder und wieder das Kind, welches mit etwas nicht zu Rande kam, und wurde immer dringlicher; schließlich ein Katastrophenton. Da verlor der knietief in dem Naß stehende Erwachsene die Besinnung, stürmte hinauf gleich einem Totschläger und schlug das Kind mit aller Gewalt, so wie er wohl noch nie einen Menschen geschlagen hatte, in das Gesicht. Das Entsetzen des Täters war fast gleichzeitig. Er trug das weinende Kind, selber bitter ermangelnd der Tränen, in den Räumen umher, wo überall die Tore des Gerichts offenstanden, mit den schalltoten Hitzestößen der Posaunen. Obwohl dem Kind zunächst nur die Wange anschwoll, wußte er, daß der Schlag so stark gewesen war, daß es daran auch hätte sterben können. Erstmals sah sich der Erwachsene da als einen schlechten Menschen; nicht bloß ein Bösewicht war er, sondern ein Verworfener; und seine Tat konnte durch keine weltliche Strafe gesühnt werden. Er hatte das einzige zerstört, das ihm je das Hochgefühl von etwas dauerhaft Wirklichem gegeben hatte; das einzige verraten, das er je zu verewigen und zu verherrlichen wünschte. Als Verdammter hockt er sich zu dem Kind und redet es an, in den bisher unaussprechlichen, auch undenkbaren ältesten Formen der Menschheit; eher aus Sprachnot als tatsächlich davon durchdrungen. Aber das so Angeredete nickt zu den Wörtern, und dann zeigt sich, an der ruhig weinenden Gestalt, wie schon einmal, kurz ein klares, strahlendes Augenpaar, gleichsam erhöht über dem Umweltdunst, und selten hat es für einen elenden Sterblichen einen flammenderen Trost gegeben (wenn dasselbe Wesen auch später einmal meinte, »nicht trösten zu können«). Man versteht also den Erwachsenen und erbarmt sich seiner: mit solcher Aufmerksamkeit tritt das Kind erstmals in seiner Geschichte als jemand Handelnder auf; und sein Eingriff, wie auch all die künftigen, zu verschiedenen Anlässen, ist leichthin wie eine Berührung Stirn an Stirn und zugleich so vollkommen lakonisch wie das »Weiterspielen«-Zeichen eines erfahrenen Schiedsrichters (welcher ganz besonders von dieser Welt ist).

Mit dem stummen Augentrost war es selbstverständlich nicht getan: der Zustand der Verworfenheit dauerte an, bis der Vorfall einem Dritten ausdrücklich, und nicht nur einmal, sondern immer wieder, gebeichtet war (und war auch dann nur gemildert). – Und doch schwingt jener Tag im Gedächtnis als einer der Ausnahmstage, von denen einmal gesagt werden kann, daß das Gras grün war, die Sonne schien, der Regen fiel, die Wolken zogen, die Dämmerung herabsank, und die Nacht still war, und wo das alles Beispiele für ein anderes menschliches Leben sind: in der Ahnung manchmal ein ewiges und mit Gewißheit das einzig richtige. Aus der Ferne erscheint dann der Bergwald, an dessen Fuß die Häuseransammlung steht. Die Bäume ziehen in einem gleichmäßigen Schwung von allen Seiten himmelwärts, und das Sanfte, zugleich Regelmäßige und wie ins Endlose Weiterführende der Steigung gibt von dem Bergkegel das Gefühl der Fruchtbarkeit. Die hellen Felsstellen zwischen den Bäumen leuchten von fern wie Meeresschaumkronen und wirken auf dem Brustbein als Freiheitstupfer. Davor mäandert für einen Augenblick wieder der fremdländische Fluß, dessen Schimmern über alle möglichen Grenzen greift. Nur in der Trauer – über ein Versäumnis oder über eine Schuld –, wo die Augen umfassend magnetisch werden, weitet sich mein Leben ins Epische.

4

Das Kind war inzwischen mehr als drei
Jahre alt und hatte bisher fast immer nur
allein gespielt, stillvergnügt in sich gekehrt;
anders als der nichtspielende, oft finster in
sich verbohrte Erwachsene. Aber beide waren sie in der Siedlung an dem Waldhang mit
der Zeit (und vor allem mit den Jahreszeiten) zu Ortsansässigen geworden, und der
Mann wollte dann auch keine Besucher
mehr, die ihm mit ihren falsch-mitleidigen
oder spöttischen Stadtmenschen-Bemer-
kungen zu dem Haus und dessen Lage jeweils das bißchen Geist von dem Ort weg-
schnappten. Einer, der sich nur in zwanghaften Pointen ausdrücken konnte und auch
davon lebte, sprach von der »Klipp-Klapp-
Siedlung« und meinte das Geräusch der
Stöckelschuhe draußen in der Nachtstille.
Dafür kamen immer häufiger Kinder aus
den umliegenden Häusern, zu denen sich
erst dadurch so etwas wie ein Nachbar-
schaftsgefühl einstellte. Es war für das Kind

neu, mit anderen zu sein; und seine Empfindlichkeit, die dem Erwachsenen so sehr
gefallen hatte, schien sich dabei zu verkeh-
ren in eine spielverderberische Zimperlich-
keit. Schon bei einem geringfügigen Mißge-
schick geriet es jetzt außer sich, und zwar
derart, daß die übrigen dann bloß noch im
Kreis um das einzelne herumstanden und es
groß und stumm anstarrten, wodurch sich
die Kränkung erst recht zu einem himmel-
schreienden Elend steigerte; das wiederum
das Ergötzen der fremden Gestalten noch
vermehrte, welche ihrerseits tags darauf
wohl nur darum wieder an der Tür läuteten,
weil ihnen fast mit Sicherheit eine ähnliche
Szene winkte (vielleicht aber auch, weil in
dem Neubau, ohne Absicht oder besondere
Architektur, alle Zimmer im Lauf der Zeit
sich zu einem zusammenhängenden Kinder-
gelände entgrenzt hatten).
Zugleich kam es jetzt zu einer Umkehrung:
nicht mehr der Erwachsene »stand mit dem
Kind allein«; sondern dieses war »allein mit
einem Erwachsenen«: Obwohl die Treffen

mit den Gleichaltrigen fast jedesmal als Kränkung und Niederlage endeten, wurde schon bald darauf an dem Kind – weniger eine Erwartung, als eine Unruhe spürbar. Es war dann, zumindest eine Zeitlang, außerstande, sich mit seinem üblichen schönen Gleichmut in jedwede Kleinigkeit zu vertiefen. Auch der Erwachsene war für es nicht mehr der Richtige; und wenn sich dem stummen Haus dann endlich einmal die Stimme eines Nachbarkindes näherte, war das für die beiden Bewohner oft ein erleichternder Klang (mochte gerade dieses Kind vielleicht auch der Anlaß für den Kummer des letzten Tages gewesen sein).

Das wurde der neue Zwiespalt: Sollte man, wie bisher, eher für sich bleiben – das Kind spielend, der Erwachsene arbeitend und nach Kräften anwesend, Kind und Erwachsener als Sprechpartner, und doch »Kind« und »Erwachsener« wie nur je, ohne Altklugheit einerseits und Herablassung andrerseits –; oder waren »die Kinder« nicht doch ein eigenes, ganz besonderes Geschlecht, das erst unter seinesgleichen im richtigen Element war und erst dort, bei allem Schmerz und Unrecht, sich mit Selbstbewußtsein bewegen und etwas werden konnte? Waren demnach erst die »Artgenossen« die eigentlichen Angehörigen, und die Erwachsenen im besten Fall bloße Sorgeberechtigte? Sprang es nicht jedenfalls in die Augen, daß das Kind immer von neuem, auch nach dem bösesten Zwischenfall, der schlimmsten Verhöhnung und Demütigung, dem anderen Kind entgegenging wie einem guten Boten?

Der Zwiespalt wurde gelöst, indem dem Mann endlich eine Idee kam, welche zugleich wieder einen Vorschlag an Dritte enthielt (und es fiel ihm dabei auf, daß gerade er, der sich doch nicht ungern als gesellschaftsunfähigen und -unwilligen Einzelgänger sah, im Lauf der Jahre regelmäßig ganz von sich aus seine – wenn auch kleinen – Gesellschaften gestiftet hatte: es war dazu nur jedesmal eben unbedingt eine tiefgreifende Erleuchtung oder Zusammenschau

nötig; ohne diese gab es für ihn keine recht-
mäßige Gemeinschaft).

Das Handfeste an der Idee, wodurch überhaupt erst anderen ein Vorschlag übermit-
telt werden konnte, war, wie auch bei den
früheren Malen, ein Ort, ein Platz, ein
Raum. Mit den Nachbarn waren ja zunächst
fast nur Gespräche über die neue Siedlung
und die Kinder möglich. Dabei wiederholten sich die Klagen über die Abgeschnitten-
heit von allen öffentlichen Einrichtungen
und der Wunsch – nicht nach einem »Kin-
dergarten« oder dessen modernen Entspre-
chungen, sondern eher nach einer an-
spruchslosen kleinen Betriebsstätte, ohne
Auto erreichbar und zu bestimmten Zeiten
geöffnet, doch lebhaft eine Notwendigkeit
für jene, denen die umliegende Natur noch
kein Spielplatz sein konnte und für die es
demnach nur das eigene Wohnhaus oder das
Nachbargebäude, mit dem gleichen privaten
Grundriß, gab. – Dieser Wunsch wurde
nun praktikabel (und solch eine Kinderge-
meinschaft selbstverständlich) mit der Orts-

vorstellung: ein großer, bis dahin leerer, gegen Süden gelegener Raum im Haus des Mannes; mit einem »freien Auslauf« in einen noch größeren »Vorgarten«. (Mit dem Bild von rennenden Kindern sagten dergleichen Namen einmal etwas.) Und in der Gewißheit über die Örtlichkeit war sogar Begeisterung möglich; man tat hier, jetzt, das Richtige. Keine Bedenken mehr, wie sonst unter einander Fremden: schon zu Beginn des Sommers war der Raum entsprechend eingerichtet, und im folgenden Herbst wurde mit ein paar Kindern formlos eine Art Betrieb aufgenommen.

Der Erwachsene verbrachte in dieser Periode nicht wenige Halbtage sozusagen als Aufsichtsperson, gewahrte das eigene Kind da in einer ungewohnten Anzahl von anderen und begann nun erstmals an ihm – das war das einzig entsprechende Wort – zu zweifeln; doch nicht etwa an ihm als Einzelwesen, sondern als an der übergeordneten Instanz. Sein Grundgefühl für es, noch vor jeder Zuneigung, war ja bisher ein bedingungsloses, enthusiastisches Vertrauen gewesen. Ohne je eine Meinung zu »Kindern« im allgemeinen gehabt zu haben, glaubte er eben an dieses bestimmte Kind. Er war überzeugt, daß das Kind da ein großes Gesetz verkörperte, welches er selber entweder vergessen oder nie gehabt hatte. War es ihm denn nicht im ersten Moment schon erschienen als sein persönlicher Lehrherr? Nicht erst irgendwelchen besonderen Äußerungen aus »Kindermund« also glaubte er, sondern seinem bloßen Vorhandensein: dem Menschenwesen, das war, das es war. Das-es-war gab dem Erwachsenen das Wahrheitsmaß an; für ein Leben, wie es sein sollte. Und dafür konnte man es sachlich verehren; und dabei durften einem zuweilen auch jene Wörter über die Lippen kommen, welche man bisher, im Kino, als Pathos überhört und in den alten Schriften als ungebräuchlich überlesen hatte, und die sich jetzt als die wirklichsten der Welt zeigten. Wer waren die Ahnungslosen, die sich herausnahmen, zu behaupten, daß die großen Wörter »geschichtlich« seien und mit der Zeit ihren Sinn verlören? Verwechselten sie nicht in der Verblendung oder auch bloß Lauheit und Flauheit die Wörter mit den ganzen Sätzen? Wie lebten diese modernen Leute? Und mit wem? Und was hatten sie ein für alle Male vergessen, daß sie nur noch auf eine Sprache des Kleinlauten, dabei schrecklich Großmäuligen und insgesamt alles andere als Sachlichen hörten? Warum hatten all die in den öffentlichen Diskussionen, in den Tagblättern und im Fernsehen, aber auch in den neuen Büchern, und auch in den persönlichsten Verhältnissen umlaufenden zeitgebräuchlichen Ausdrücke das Niederschmetternde, Banalitätsstinkende, Seelenmörderische, Gottlose, Nervtötende, Hirnrissige von *Hundenamen*? Warum tönte von überallher nur noch die Drohnensprache eines Blechernen Zeitalters? – Dem Umgang mit dem Kind hatte der Erwachsene es jedenfalls zu verdanken, daß ihm die vielgeschmähten großen Wörter von Tag zu Tag faßlicher wurden; man konnte sich mit ihnen nicht versteigen, sondern sie führten zu immer neuen Hochflächen; und jeder konnte da mit: Voraussetzung waren nur der »gute Wille« und die Einsicht in die »strenge Notwendigkeit«.

Der Zweifel kam nun, als er das Kind nicht mehr allein oder mit den zufälligen, einzelnen andern sah, sondern in dem ständigen, größeren Verein. In diesen Kreis, unter die Mehrzahl, gesteckt, hörte es auf der Stelle auf, ein Sitz der Ruhe zu sein, und verwandelte sich, von Tag zu Tag mehr, in einen angstzuckenden Erdenwurm – jämmerlicher als alle übrigen. Nicht mehr zimperlich war es da, auch nicht widerwillig oder bloß lustlos (wofür der Erwachsene wenigstens einige Erklärungen gehabt hätte), sondern außer sich; im Elend. Das Kind, das für sich allein so schön langsam, humorvoll und klug gewesen war, zeigte in der Schar bestenfalls Hektik und Unschläue; in der Regel aber sogar die blinde Panik; begleitet von einem reißenden, grundlosen, von dem Augenzeugen jedoch unmittelbar nachgefühlten Schmerz. Kaum im Getümmel, flüchtet es, wie etwas mit Gewalt Untergetauchtes, ums liebe Leben wieder nach draußen und sucht in seinem Unglück einen abgelegenen anderen Raum, findet meist aber nicht einmal am Ort selbst einen stillen Winkel. Erst jetzt wird in dem bisher so gleichmäßigen Zug seiner Geschichte das Drama deutlich; als etwas Unausweichliches, nicht mehr rückgängig zu Machendes, und vor allem Höllenhaftes. Und der Zweifel betrifft, wie zuvor ja auch der Glaube, gar nicht seine Besonderheiten, sondern seine ganze Existenz: Ist es, das-es-ist (nämlich Alles), aber, gezwungen, etwas Anderes zu werden, augenfällig Nichts mehr ist (nämlich nur noch leidet-leidet-leidet), für dies offensichtlich naturnotwendige allgemeine Vernichtungsdrama überhaupt geschaffen? Es sind pathetische, möglicherweise »ausdiskutierte« und zwecklose Fragen, die den Erwachsenen hier beschäftigen; und trotzdem wohlbegreiflich, durch die ihn zuweilen aus dem

Gemenge heraus mitten ins Herz treffenden Blicke, die etwas Dringlicheres ausdrücken als bloße Zweifel. Die an dem Betrieb mitbeteiligten Eltern kannten natürlich die Gründe für das Verhalten des Kindes (und deuteten sie auch lieb-rücksichtsvoll an); aber er hörte aus ihren Erklärungen wieder nur die Hundenamen heraus: keine Ursache sehend, glaubte er dennoch, es besser zu wissen.

Zudem war doch zu erkennen, daß auch manche der Kinder, sogar schon die kleinsten, nicht die richtigen füreinander waren. Vielleicht gab es keine »Bösen«; aber gewiß waren nicht alle »unschuldig« (höchstens waren da welche, die sich schon von klein auf die Hände in Unschuld wuschen). Sie alle wußten, was Unrecht war, begingen es nicht nur im Affekt, sondern mit Vorbedacht, und hatten dabei nicht einmal ein Unrechts-*Bewußtsein* – so daß ihre Taten oft unheimlicher waren als die der gemeinsten Ganoven, und genauso empörend. Es war unbestreitbar: Unter den Kindern – gleich welchen Geschlechts – waren einige, denen es von Anfang an geradezu behagte, vor den Augen der Erwachsenen, mit Worten oder mit Handlungen, die Henker darzustellen; sie übten ihre Vernichtungstätigkeit mit leidenschaftsloser Sachkunde aus und entfernten sich danach gemessen, wie von einer Amtshandlung. Ebenso unbestreitbar war es hingegen, daß es keinem einzigen Kind gefiel, beschimpft, verspottet und geschlagen zu werden – mit einem Wort: das Opfer zu sein.

Es war in jener Epoche die herrschende Meinung, daß in die Umtriebe der Kinder nicht eingegriffen werden sollte. Aber es fiel dem Erwachsenen doch sehr schwer, sein Kind nun täglich in der Schwäche, darnieder, zu sehen. Denn gerade sein Kind wehrte sich niemals: unter den ärgsten Fausthieben auf den Kopf fuchtelte es höchstens im Leeren, und auch die Laute aus seinem Mund waren keine Verteidigung, sondern die bloßen Wehklagen der allerhilflosesten Kreatur. Selbst wenn es geschmäht oder beschuldigt wurde, gab es nie ein ähnliches Wort zurück, ging aber auch nicht zur Seite, sondern stand gebannt an dem Fleck, leibhaftig eingekrümmt unter der schließlich nur noch den einen, den besonders treffenden Ausdruck wiederholenden bösen Leier des Gegners, in der Widerleier nur tonlos alles bestreitend und so nach Gestalt und Stimme ganz zu Recht das Angeklagte. Unmöglich, angesichts des blassen, zitternden Etwas, nicht tätig zu werden; und so mischte sich der Erwachsene doch öfters ein, ergriff Partei – und tadelte seinen wehleidigen, selbstbezogenen, gemeinschaftsunfähigen Angehörigen.

Mit der Zeit, langsam, schlossen sich die Kinder freilich doch zusammen, zu einer dann selbstverständlichen, freien und sogar liebenswürdigen Schar. Diese Veränderung kam vielleicht nur aus einem neuen Blick des Erwachsenen. An einem Frühlingstag steigt er mit ihnen einen Hügel hinan und bemerkt da an sich eine vollkommene Freude, bloß weil er sich unter so vielen verschiedenen

Kindern bewegt. In der Begeisterung erst bekommt er die Stimme, auf die sie hören. Es ist wie ein Sprung in ihre Mitte, von wo aus es dann auch keine »Bösewichte« und »Opfer« mehr gibt, wie zuvor bei dem Blick in den Kreis von außen. Keine Frage: Erst mit seiner Lust an ihrer Gesellschaft wird aus dem verlorenen Herumstehen und wirren Gelaufe ein Schwung, und in der Folge ein gesammelter, stolzer, gar nicht mehr kindlicher Zug in das gemeinsame Abenteuer. – Zu einem Inbild gehört im Gedächtnis in der Regel das besondere Gefühl von einem gleichsam es grundierenden Erdkörper, von dessen Neigung oder Steigung, Eben- oder Unebenheit: Hier jetzt steht ein stetig steiler Hang, auf dem alle Kinder kraftvoll bergauf gehen; und obwohl die Abstände groß sind und ein unablässiges Rochieren stattfindet, weiß in der Regel einer vom andern, wo er ist, und es wird niemand verlorengehen. Nirgends sonst hat der Erwachsene eine lustigere, schönere und sanftere Macht über Menschen gespürt.

Die neugewonnene Leichtherzigkeit des Mannes sprang auch auf das eigene Kind über, und dieses konnte wieder sein, was-es-war; und bewegte sich zugleich als Körpergelenk, Haarfarbe, Stimmklang unter andern, deutlich frischer und selbstbewußter als in der Zeit des Alleinseins. Der Verantwortliche erkannte: Er mußte es (wie auch die übrigen) nur »sein lassen« – was aber als die ideal ordnende Energie, der sie alle sammelnde Elan, nur wirksam wurde, wenn er für es (und die übrigen) dabei doch »der rundum Anwesende« blieb: mit dem sie dann gleichsam dahinfahren konnten wie im Bauch eines Friedensschiffs. Zu solch zweifacher Kraft reichte es bei ihm freilich nicht beständig. Das erst wäre die Kunst gewesen; und so bekam er allmählich eine Idee von der Bedeutung eines guten Lehrers.

Aber gerade jetzt, in der Beruhigung, wurde es ihm zur Gewißheit, daß das Kind sich tatsächlich sozusagen anders drehte als die meisten in dem Zirkel. Ohne sich weiterhin eigenbrötlerisch zu verhalten, stand es immer noch, wenn auch nur ganz unauffällig, im Weg, oder beteiligte sich an den Spielen mit jenem Übereifer und der leichten Verwirrtheit, wie sie sonst manchmal bei besonders dicken Kindern zu sehen sind. Vor allem aber ist es seine Art zu sprechen (dabei so völlig frei von speziellen Erwachsenen-Ausdrücken), durch die es sich deutlich von den anderen Kindern unterscheidet; oder vielleicht redete es einfach bloß bedächtiger, und suchte jeweils mehr nach den einzelnen Wörtern: – dadurch kam es jedenfalls öfters nicht mit, oder wurde, in der Bewußtheit weniger unbekümmert, von den anderen überhört. Sein Seitenblick auf den Erwachsenen, aus dem Getümmel heraus, starrt nun freilich nicht mehr flehentlich-trostlos wie früher, sondern blitzt von einer gutmütigen Ironie. Es ist ihm schon recht, mit diesen Leuten hier zu sein – aber das sind nicht die Seinen. Und der Erwachsene kann darauf denken: Es gibt die Deinen. Sie sind woanders. Es gibt das andere Volk, der anderen

Geschichte. Wir sind nicht die einzigen. Gerade im Augenblick ziehen wir mit diesem Volk durch die Zeiten. Nie wirst du allein sein. – Und zugleich zeigte sich wieder das Drama – auf das sich der Erwachsene jetzt sogar freute. Doch obwohl er viele Eltern sah, die ihre Kinder für den Kampf rüsteten, und das auch gut verstand, erschien es ihm als das Richtige, nichts dergleichen zu tun.

5

Daß der Mann mit dem fast fünfjährigen Kind, das inzwischen an die Siedlung am Waldrand gewöhnt war und dort auch schon seine eigenen Wege hatte, wieder in die geliebte ausländische Stadt zog, war eine Zumutung, geschah aber ohne viel Abwägens, als etwas Selbstverständliches, ja Notwendiges, das keiner Begründung bedurfte. Sprach nicht das Bild für sich: Jemand, der das Seine nahm und damit ins Ungewohnte aufbrach? Sollte das nicht jeder versuchen, immer wieder? Wurde einem nicht erst in der Fremde das Seine das Gewisse, Bestimmende?

Außerdem war die Rückkehr nur wie die zwanglose Fortsetzung des zuvor dort unterbrochenen regulären Lebens: als dessen Stammplatz war auch in der Zwischenzeit die ferne Weltstadt gedacht worden; diese war der einzige Ort, der dem Erwachsenen auf Dauer das Gefühl »Wirklichkeit« gab, als Formenverbindung von außen und innen,

Körper und Seele. Und glaubte er von seinem Schutzbefohlenen nicht seit je: »Was für mich gut ist, ist auch gut für dich (und umgekehrt)«?

In dem anderen Land nun wurde die Geschichte des Kindes, ohne besondere Ereignisse, zu einem kleinen Beispiel der Völker-Geschichte, auch der Völker-Kunde; und es selber wurde, ohne irgendein eigenes Zutun, der Held erschreckender, erhabener, lächerlicher und insgesamt wahrscheinlich alltäglich-ewiger Geschehnisse.

Dezembertag der Ankunft in der düsteren Mietswohnung, aufgehellt von dem blinkenden, mit Bachgeräuschen dahinfließenden Wasser draußen im Rinnstein und dem über dem Weltstadtrand wie nirgends gewölbten Himmel, wo sich die Ampelstaffeln weit in die Leere hinein fortsetzen, unablässig umspringend, farbwechselnd und wie in ein mächtiges, zugleich geheimnissüßes Westtor hineinwinkend. Statt der großen Glasflächen des Neubaus, durch welche die

Natur ständig sehr nah kam, jetzt die schmalen Flügelfenster mit den kleinen Karos, in denen die Außenwelt nun wie ins rechte Maß gerückt erscheint; und statt der Geräuschlosigkeit in dem Haus die Schritte hier im Stockwerk darüber und die Stimmen nebenan, die man, zunächst einmal, hört wie etwas lange Vermißtes. Die vielen fremden Sachen in der Wohnung werden durch die paar persönlichen Mitbringsel – es genügen Buch und Stofftier – schnell vertraut; und im langen Verbindungsflur zu den überraschend lichten Hinterzimmern dann einmal das Gefühl von der Suite eines luxuriösen Hotels.

Schon im Spätwinter danach, also mitten im Jahr, war der erste Schultag des Kindes. Das war von dem Erwachsenen nicht geplant worden, es kam so. Und ebenso fügte es sich, daß die Schule etwas Besonderes war. Denn eigentlich war sie nur den Kindern jenes einzigen Volkes bestimmt, das auch so genannt werden konnte, und von dem schon lange vor seiner Zerstreuung in alle Länder

der Erde gesagt worden ist, daß es auch »ohne Propheten«, »ohne Könige«, »ohne Prinzen«, »ohne Opfer«, »ohne Idole« – und sogar »ohne Namen« – ein »Volk« bleiben werde; und an das man sich, nach dem Wort eines späteren Schriftgelehrten, wenden müsse, um »die Tradition« zu wissen: das »älteste und strengste Gesetz der Welt«. Es war das einzige tatsächliche Volk, dem der Erwachsene je anzugehören gewünscht hatte.

Das Schulgebäude glich vielen anderen Stadtschulen, mit einem staubigen kleinen Hof, beengten, lichtschwachen Räumen und dem Gerumpel der Métro tief unten im Erdboden. Aber das Kind dorthin zu begleiten, gab dem Mann immer wieder das Bewußtsein des richtigen Wegs, das ein unerhörtes und endlich einmal ganz und gar überpersönliches Glücksgefühl war. Sein Kind, durch Geburt und Sprache ein Nachfahr jener Schandtäter, die doch dazu verdammt schienen, bis ins letzte Glied und bis ans Ende der Zeiten nur noch freudlos und ziellos, metaphysisch tot, kreuz und quer zu zappeln, würde die geltende Tradition erfahren, darin mit seinesgleichen gemeinsam weiterziehen und jenen launenfreien, lebendigen Ernst verkörpern, den er, der traditionsunfähig Gemachte, zwar als die notwendige Haltung spürte, und doch täglich schmerzhaft an den Unernst der Launen verlor. Obwohl das Kind bloß vorläufig, für das Halbjahr, aufgenommen war, hoffte er, es auf Dauer da lassen zu dürfen, nicht nur in der Schule. War nicht offenkundig, daß es, so wie es war, auch mit seiner verschiedenen Augen- und Haarfarbe, dort hingehörte? Gaben die neuartigen Feste, wo das Kind, nicht mehr bloßer Zuschauer, sondern auch Teilnehmer war und mit kleinen Zeichen im Kreis der andern deren beispielhafte Geschichte wiederholte, nicht endlich einen möglichen Sinn für Wörter wie »Gemeinde« oder »Einweihung«? War der Erwachsene, als er erstmals das von dem Kind gemalte, andere Schriftbild sah, nicht bewegt wie der Zeuge eines historischen Augenblicks (und zugleich auf dessen klare Erkenntnis aus, wie einst der Geschichtsschreiber)?

Auch das Kind selber war mit der Schule einverstanden. Es brauchte sich nicht einmal daran zu gewöhnen: schon mit dem ersten Schritt über die Schwelle, in den kleinen Vorraum, wo an jedem Haken Schichten der verschiedenfarbigen Mäntel hingen, hatte es die Angst vergessen, wie man vielleicht eine Körperlast vergißt: wohl dank der einen Schulmeisterin, von der es sich, durch das übliche Gewimmel hindurch, sofort und ein für allemal gesehen fühlen konnte. Jene alte Frau beherrschte die Kunst des prüfenden und doch überwältigend gastfreundlichen Blickes (ohne daß sich der andere je beobachtet oder gar durchschaut fühlen mußte). Und sie war es dann auch, die, durch die eigene Herkunft deutsch sprechend, dem Kind binnen kurzem die Landessprache beibrachte. Schon vor dem Sommer hörte es der Erwachsene mit den anderen Kindern geläufig in deren Sprache reden. Wie anmutig das Kind mit der Fremdsprache wirkte!, welche es, sooft es dazu überging, jedesmal gleichsam hervorzuzaubern schien, elegant-selbstbewußt, aber ohne den häufig falschen Zungenschlag der ansässigen Weltstädter; und der Ohrenzeuge dachte dabei, wie er selber einst sich manchmal heftig eine andere, fremde Sprache gewünscht und ein gewisses Kauderwelsch im Kinderspiel vielleicht auch wirklich dafür gehalten hatte. Er sah, daß jetzt sein Kind ihm in vielem voraus war, und war der Zeit – der Gegenwart – dafür dankbar.

Das Leben von ihnen beiden schien nun seine schöne Ordnung gefunden zu haben; und so widersprach der Mann mit der Inständigkeit eines von dem Ereignishaften, Beispielhaften der Konstellation Durchdrungenen, als ihm die Vorsteherin gegen Ende des Schuljahres für das Kind eine andere Schule vorschlug. Im nächsten Herbst schon würde die religiöse Erziehung beginnen, und das Kind, das doch von einer grundverschiedenen Überlieferung abhänge, könnte dabei nur Schaden nehmen. Der Erwachsene suchte alle seine, jahrzehntestarken, Erfahrungen zusammen, um die Frau zu überzeugen, daß für seinesgleichen keine, auch noch so ersehnte Tradition gelten durfte und er jedenfalls seinem Kind nichts davon weitergeben könnte; aber die alte Lehrerin schien es besser zu wissen und schüttelte nur den Kopf. – Am letzten Tag geht er mit dem Kind von der Schule weg wie mit einem schuldlos Ausgestoßenen; und die Verantwortung dafür hat er, als der Abkömmling eines Unvolks, als der würdelose Ohne-Volk.

Im selben Jahr kam es auch zu einer Uneinigkeit zwischen dem Mann und dem Kind, die etwas anderes war als eine bloße Miß-Stimmung. In den vergangenen Jahren hatte er sich ja bei seiner Arbeit ganz nach dem unmündigen Lebensgefährten gerichtet: tagsüber konnte er nicht viel mehr sein als sozusagen dessen »Ernährer« und dachte davon mit der Zeit sogar als von einer schönen Rolle und einer menschenwürdigen Beschäftigung (es konnte eine Lust sein, zu dienen), auch wenn dann an den Abenden kaum mehr ein Übergang zu einer anderen Tätigkeit zu schaffen war, und er oft stundenlang, nicht weiterwissend, zwischendurch mit heftigen Anfällen von Sehnsucht nach Feierabenddingen wie Wein, Buch oder Fernseher, vor sich selbst verstummt dasaß, bis vielleicht doch plötzlich in dem Schweigemeer eine Form erscheint und den Tisch, an dem er sich aufrichtet, zur Werkbank macht. Aber das waren Zwischenstücke gewesen, und allmählich drängte es den Mann zu der größeren Fortsetzung, die ihm schon lang vorschwebte, oft geradezu als Paradiesestraum, von dessen Verwirklichung auch, wie bisher, das fortführende Existenzgesetz ausstrahlen mußte.

Der Moment schien gekommen mit der Schule, die dortzulande zudem fast den ganzen Tag dauerte. Aber die freien acht Stunden waren dann nicht genug: es zeigte sich, daß die Arbeitsreise, sollte sie mit Beispielkraft dastehen, und in der richtigen Folge, Tag und Nacht (wenigstens im Kopf) weitergehen mußte; und das Kind, ohne je besonders zu stören, unterbrach den Werktraum – verhinderte ihn schon im voraus. So gelang vielleicht eine schlüssige Reihung der kleinen Erkenntnisse; aber zu selten glückte jene Verwandlung von Erfahrenem in die Erfindung, die eine Arbeit erst glorreich macht, und dann auch die Freude der anderen ist. Und das Ausbleiben der Form war, so meinte er, verursacht durch das Kind, das mit seiner bloßen Anwesenheit die Phantasie lähmte und den Erwachsenen von seiner Bestimmung abbrachte.

Nicht Gewalt herrschte jetzt zwischen den beiden, sondern Unfreundlichkeit; von der Seite des Mannes, gegen die eigene Einsicht, manchmal sogar die Feindseligkeit. Weder für eine Arbeit konnte er da sein noch für das Kind – und dieses, den Unterschied fühlend, entfernte sich von selber, nicht beleidigt-schmollend, sondern stolz; und sagt bei Gelegenheit zu einem Dritten bezüglich seines

Vaters: »Ich will den nicht mehr sehen. Der soll weggehen.« Es ist die lakonische Drohung des Kindes mit der Entzweiung; worüber der Erwachsene zuinnerst erschrickt und zur Besinnung kommt. Er verschiebt die große Reise auf später und zweifelte dann an all denen, die je, ähnlich angebunden wie er, sich im Namen ihres Lebenstraums von der Tagtäglichkeit losgesagt hatten. Ihre Taten verloren den Glanz; er glaubte ihnen nicht mehr. (Und trotzdem gab es natürlich immer noch die verschiedenen Hintergedanken.)

So brachte er auch jetzt wieder nur sein Stückwerk zustande und war damit schließlich zufrieden. Er tat oft auch gar nichts mehr: durchstreifte bloß die Stadt in allen Himmelsrichtungen, vom höchsten Punkt zum tiefsten, und erfreute sich eines befreienden Müßiggangs. Die Phasen des Tätigseins fielen da fast nur in die Wochen der Abwesenheit des Kindes (wenn es mit einer sogenannten »grünen Klasse« auf dem Land war, oder den Sommer über bei seiner Mutter); doch der Fanatismus, mit dem der Mann dann Tag für Tag bei seiner Sache blieb, hatte im Unterschied zu früher etwas Beschwertes, Verhohlenes: als sei, was für den Heranwachsenden einst die Vision gewesen war, bei dem Erwachsenen fast zum Laster geworden. Sogar in den Augenblicken des Magischen Lichts war die Leere des Hauses, wo er sich an gar niemanden mehr wenden konnte, übermächtig, und griff oft wie ein Giftgas in ihn ein, daß er selber davon starr und leer wurde. Er wußte dann: Erst das Kind gab dem Ablauf der Tage die Weihe. Ohne es ist er weltverlassen; sein Treiben erscheint ihm maßlos und nichtig (wenn er sich auch einmal vorstellt, *ohne* Kind mit der schönsten Frau der Welt das liederlichste Leben zu führen). – Eines Nachts, beim Heimkommen, steht er in der grellstillen Wohnung irgendwo angelehnt und kann sich denken, wie Leute vom puren Alleinsein tot umfallen.

Eben in dieser Periode bekam der Mann,

auch von seinen Besuchern, immer öfter zu hören, daß er sich, so wie er lebe, und mit dem, was er tue, der Gegenwart entziehe und die Realität übersehe. Früher hätte er sich auf solche Vorwürfe wohl eingelassen. Aber nach all den Jahren mit dem Kind durfte ihm niemand mehr sagen, was das Wirkliche sei. Hatte sich nicht, auch durch den unauflösbaren Zwiespalt zwischen der Arbeit und dem Kind, allmählich die Sicherheit eingestellt, endlich frei von dem Lügenleben der »modernen Zeit« zu zweit eine Art über den Zeitläuften stehendes Mittelalter fortzusetzen, welches es vielleicht nie tatsächlich so gegeben hatte, das dem Mann aber, ob jeweils am Krankenbett, oder bei den Abschieden, oder auch nur bei dem Geräusch eines Hüpfschrittes, hinter allem Aktuellen als die wahre, seinetwegen auch wirkliche Zeit erschien?!

Dabei waren freilich die Realitäts-Tümler nicht bloß die Tyrannen einer neuen Epoche: vielmehr erinnerten sie in ihrer Bemessung der Wirklichkeitsgrade an jene Parteien in den ältesten Seeschlachtbeschreibungen, die nach dem Kampf die angeschwemmten Leichen und Trümmer zu zählen und danach Sieg oder Niederlage zu berechnen pflegten – auch sie gehörten danach der menschlichen Ewigkeit an, aber der schlechten. Wenn man sich auf diese geborenen Staatsanwälte einließ, zeigte sich übrigens, daß sie mit ihrer Zählweise der Welten – die »dritte« und die »vierte« waren dabei die »relevantesten« – in der Regel eine geheime Schuld übertönten, ja oft sogar einen unsühnbaren Verrat: sie hatten allesamt schon viel Böses getan. (Seltsam dann die Tränen der Larven!) Solche »Wirklichkeitler« oder »Wustmenschen« – es wimmelte wohl seit jeher von ihnen – erschienen dem Mann als die Sinnlosen Existenzen: fern von der Schöpfung, schon lange tot, machten sie so gesund wie böse weiter, hinterließen nichts, woran man sich halten konnte, und taugten nur noch für den Krieg. Es war auch unnütz, mit ihnen zu rechten; denn von jeder der täglichen Katastrophen fühlten sie sich neu bestätigt. Wem etwas vorschwebte, der durfte kein Wort mit ihnen wechseln und sich nicht einmal von ihnen sehen lassen: sie waren die Fremden, und ich rede nicht mit Fremden – hinweg mit euch. Ich bin die Stimme – nicht ihr! – So beschloß er, derartigen trüben Gästen unwiderruflich den Zutritt zu verweigern, und sich auch sonst nicht mehr von »ihren Schiffen das Meer verbieten zu lassen«. Und erst danach vernahm er wieder das Rauschen einer Wirklichkeit. Bleib bei uns, Rauschen!

Im Sommer desselben Jahres fuhr das Kind gemeinsam mit seinen Eltern aus dem Aufenthaltsland zurück in das Herkunftsland, wo es bei der Frau die schulfreie Zeit verbringen sollte. Für die Rückkehr zum Mann, im Herbst, war schon eine neue Schule gefunden, unweit der alten. Jene Autofahrt ging durch eine weitgeschwungene Stufenlandschaft, die von dem Becken mit der Weltstadt als Zentrum, dort nur wenig über dem Meeresniveau, in einem sehr gleichmäßigen Rhythmus zu dem Mittelgebirgszug ansteigt, von dessen Scheitel aus in der nachfolgenden Ebene, hinter dem Grenzstrom, schon das nächste große Land sichtbar wird; die Kuppen sind in einem Weltkrieg viel umkämpft gewesen, und ihre fast vollständige Kahlheit (die eine andere Ursache hat) bildet nachhaltiger ein Denkmal der Schlachten als die vielen realen Gedenkstätten.

Am Nachmittag der Fahrt sitzen sie da zu dritt an einem solchen baumlosen Gipfelhang, mit dem Blick nach Westen, wo die Stufenlandschaft bis weit hinab ins Bassin, fast eine Tagesreise entfernt, nun ihre klare Struktur zeigt. Hier kommt es zwischen dem Mann und der Frau zu einem Streit, ziemlich ähnlich manchen früheren, und wahrscheinlich – so wieder einmal die unwillkürliche Vorstellung des Mannes – mit genau den gleichen Ausdrücken, wie sie im selben Augenblick überall in der Welt zwischen uneinigen Paaren hin und hergehen. (Er hatte bis jetzt nur deswegen nicht eine endgültige Trennung gewollt, weil ein obrigkeitlicher Dritter, auch der erfahrenste und fachkundigste, doch nichts von dem Kind, der Frau und von ihm wissen konnte, und jede Gerichtsentscheidung ihm dreist und frevelhaft vorgekommen wäre.) Aber zugleich ist es ernst; und wider die eigene Erkenntnis, auch wider das Gesetz des Friedens in der Weite der Landschaft, versinkt er in den zwanghaften Austausch der Vorwürfe wie in eine farben- und tonlose Ödnis.

Als er endlich aufschaut, sieht er, daß das Kind sich von den beiden Erwachsenen weit weggesetzt hat. Sein Gesicht erscheint in der Entfernung blaß und streng. Quer über den Hang leuchten in der Sonne weithin die kleinen Blaubeeren. Am Fuß des Hügels ein Moorsee. Das Licht dieses Tages ist gleißend hell, mit starken Wolkenschatten dazwischen; und die drei Figuren hocken darin wie weiße Zeugensteine.

Jahre später, wieder in einem Sommer, näherte sich der Mann demselben Bergkamm, diesmal von der Ebene im Osten, auf Landstraßen, die oft durch Weingärten führten; allein; und nicht mehr im Auto, sondern zu Fuß; und gegen Abend, als der Rücken schon dunkel wird, erblickt der langsam Dahingehende auf einmal sich mit den zwei Abwesenden in der mächtigen fernen Tintigkeit versammelt, so wie in den alten Sagen die Könige in den Bergen thronen, und doch grundanders; auch nicht als »Familie«, sondern als Dreiheit, die dort in einen unnahbaren Stoff gehüllt ist. Es war der einzige mystische Augenblick, da der Mann sich je in der Mehrzahl sah; und nur ein solcher enthält den Mythos: die ewige Erzählung. Die Erleuchtung verschwindet, doch eine Erhabenheit bleibt: immer noch bewegt sich der Wanderer dort hoch auf der Ebene dem blauverschleierten Gebirgszug zu, mit dem von niemandem auf einen Schluß zu bringenden Gedanken: »Ich arbeite an dem Geheimnis der Welt.« Und auch dieser Ort, wie einst der Square, hat einen mit dem Kind auf Dauer verknüpften, besonderen Namen: *Le Grand Ballon.*

6

Aber wieder geschah es durch das Kind, daß
dem Erwachsenen im folgenden Winter, einige Monate nach der Rückkehr in die Stadt
und dem Schulwechsel, drastisch das Vor-
schnelle, Ungeduldige, vor allem die Tatsa-
chen Vernachlässigende des zeitlebens ihn
bestimmenden Versöhnungswunsches gezeigt wurde – von dessen Vernunftgemäß-
heit er dabei doch überzeugt blieb.

Eines Tages kam ein Brief ohne Absender-
angabe, worin im Namen jenes einzigen
Volkes das Kind, als ein Abkömmling von
dessen ärgsten Verfolgern, mit dem Tode
bedroht wurde, in ziemlich ungebräuchli-
chen Floskeln (welche sich freilich beim
Nachschlagen im Wörterbuch als recht sinn-
fällig erwiesen).

Im weiteren Umkreis der Schule des Volkes
war der Mann einigen dazugehörigen Erwachsenen begegnet, die er auch später noch
traf, und die er, auf sehr verschiedene Weise,
weit näher kennenlernte als all die Fremden

zuvor; und so kam er jetzt schnell dahinter, welcher Mensch da vom »Zerteilen, Zerstückeln« usw. schrieb, sofern »die Millionen Opfer nicht von den Toten auferweckt« würden, und sich am Schluß des Drohbriefs einen alttestamentarischen Namen gab. Er forschte wie ein Detektiv die Adresse des anderen aus, steckte ein Messer in die Tasche und machte sich sofort auf den Weg; mit einem Gefühl der Unförmigkeit und zugleich im Bewußtsein, gerade im Mittelpunkt eines Weltgeschehens zu sein. Im Taxi wußte er dann einmal sogar die klare, kurze Bewegungsabfolge bis zu dem Stich mitten ins Herz und sah sich zuvor großartig dastehen, in der weltrichterlichen Haltung eines Vollstreckers (dazu paßte auch die lange Fahrt ans andere Ufer des Flusses); aber kaum bei dem Briefschreiber über die Schwelle getreten, empfindet er nur noch die Groteske. Er tötet nicht – es ist nicht der Fall. Nichts als Schwäche im Handgelenk. Zwar drängt er zunächst den andern sozusagen in ein Hinterzimmer – wo sie dann freilich nur verschmitzt grinsend herumstehen; beide sogar irgendwie geschmeichelt: der eine, weil sein Scharfblick bewundert wird, mit dem er die Herkunft des Briefes herausgekriegt hat; der andre, weil er ernst genommen wird. Gemeinsam gehen sie von der kalten Wohnung zum nahen großen Friedhof, spazieren dort auf und ab, reden allerlei und wissen dann, daß sie nie Feinde sein werden, aber auch niemals Angehörige.

Erst auf dem Nachhauseweg, allein in der Dunkelheit, wurde dem Mann das Geschehene faßbar. In einer ruhigen Straße nah der Wohnung erblickt er hoch oben im Nachthimmel ein einzelnes, friedlich rotgelb erleuchtetes Dachfenster und bleibt stehen. Jetzt endlich ist es die förmliche Empörung – oder eher die Erbitterung: und hier verwünscht er jene Seins-Nichtse, die für ihren Lebenslauf die Geschichte brauchen; hier verwünscht er auch die Geschichte selber und schwört ihr für seine Person ab; hier erschaut er erstmals sich allein mit dem Kind in der Nacht des Jahrhunderts und in der leeren Grufthalle des Kontinents – und zugleich gibt das alles für später die Energie einer neuartigen Freiheit. – Von jenem Tag aber auch das vorherrschende Gefühl für die Geschichte des Kindes: Bitterkeit. Diese war das der Wirklichkeit nächste Gefühl, mit der Trauer und der Heiterkeit.

Das Kind selber war während des ersten Jahres in der neuen Schule oft unglücklich. Dabei schienen Gebäude und Lage doch schöner gar nicht denkbar – wie man es sich von einer Schule sonst nur erträumen kann. Das Haus war klein und vertrackt, dabei hell wie ein Schiff oder ein Inselhaus, und stand vor den nicht zu nahen Metropolenbauten wie auf einem eigenen Territorium; der Garten ringsum verwinkelt, mit genug Versteckstellen für die nicht übermäßig zahlreichen Insassen, zwischendurch versteppt und versandet, oder mit Staubkuhlen und Drahtkäfigen, wo die Hühner oder andere Haustiere sitzen, und doch an manchen Ecken gehegt wie ein alter herrschaftlicher Park, mit exotischen Sträuchern, einem Miniatursteinbecken, in welchem bunte Fische schwimmen, und einer kleinen Statue, die mit dem gleichen Blattwerk berankt ist wie auch die Hausfront; und am eigenartigsten der auf die Schule, die am Ende einer Sackgasse lag, zuführende Weg, der von einer vielbefahrenen Stadtausfahrtsstraße abbog, sich nach einigen wenigen Geschäftsfassaden und viertelsüblichen Portalen jäh verschmälerte, zugleich merklich anstieg und ab diesem Knick vor allem auch nicht mehr asphaltiert war, sondern in seinem Endstück bis zur Schule als rohe Erdbahn verlief, hellschottrig, lehmgelb, vom Regen ausgewaschen und beidseits von niederen Mauern eingefaßt wie ein Hohlweg, in dem Licht und Geräusche anders sind als eben noch in der Millionenstadt, und sich doch auch keine Ländlichkeit in die reine Vorstellung von einem Gefilde mischt.

Und trotzdem mußte das Kind durch die Gartentür in den Schulhof zunächst geradezu geschoben und gezogen werden. Noch im schmalen Eingang zum Haus strebte es, wenn der Erwachsene nicht sofort nach dem Abschütteln der Umklammerung wegabwärts verschwunden war, in dem Gedränge rückwärts.

Die in diese Schule gingen, waren eben keine Kinder des Volkes mehr, sondern Kinder der Stadt, des umliegenden Viertels, der sehr verschiedenen Eltern. Auch dem Erwachsenen kamen die ersten Monate da, im Gegensatz zu dem Vorjahr, wie ein eher geistloser Betrieb vor. Dazu trug bei – obwohl die Schule erst eine Art Zwischenanstalt vor dem staatlichen Unterricht war – ein blindes Lernen der Namen ohne die Dinge, welches auf das Kind sichtlich wie ein Einschärfen unheilverkündender, zugleich völlig unbegreiflicher Obrigkeitsvorschriften wirkte. Wenn es dann zu Hause dastand und die für den folgenden Tag verlangte Länge irgendeines Flusses oder Höhe eines Berges aufsagte, dachte der Mann immer wieder, nie dürfe vergessen werden, und bis ans Ende der Zeiten müsse überliefert werden, mit welch weitaufgerissenen, schreck-starren Augen die Kinder der Erde das so-genannte Wissen der Menschheit rezitierten.

Erst im späten Frühjahr wurde das Kind an der Schule heimischer. Ohne besondere Absicht, bloß weil er auch selber Lust dazu hatte, nahm es der Erwachsene an manch warmen Abenden zu Rundgängen in dem Viertel mit, auf dem die beiden dann regelmäßig in den Erdweg abzweigen. Jetzt sieht das Kind seine Schule leer, in der Dämmerung. Zuzeiten begießt die mürrische alte Frau, die auch die Direktorin ist, davor die Pflanzen, recht den Sand für den nächsten Tag und füttert das Kleinvieh. Der Efeu am Gebäude entfaltet sich. Am Mauerwerk werden die Holzteile sichtbar. Weit im Stadthintergrund die Signale der Katastrophenfahrzeuge. Ein Rauschen in den dunklen Gebüschen. Das schon schlafende Geflügel. Der Schimmer auf den Steinen des Wegs. »Bleiben wir noch ein bißchen!« Für die letzten Tage dieses Schuljahrs wurde es dann eine Freude des Kindes, auch am Morgen durch das Gatter zu treten, wenn noch niemand sonst da war, in dem Garten von einem Fleck zum andern zu gehen und den Nächstkommenden sich als »die erste« zu zeigen. Während des folgenden Jahres in der kleinen Schule kam es sogar vor, daß das Kind spätnachmittags nach dem Unterricht geradezu unlustig mit dem Erwachsenen heimwärts ging und lieber mit den anderen um das Schulhaus herum geblieben wäre. Dort, in dem übersichtlichen Haufen, an dem besonders gewordenen Ort, war es inzwischen in einer guten, oder jedenfalls gemäßen Gesellschaft, wo es jede Eigenbrötelei vergaß und sich doch Empfindlichkeit und Feinheit bewahrte. Im Winter mit seiner Klasse weg in den Bergen, litt es dort kaum an dem Übel Heimweh (das doch seinem Vorfahren einst eine kaum heilbare Wunde beigebracht hatte): am ersten Abend in der Fremde sei es in dem gemeinsamen Schlafraum unter den letzten gewesen, die zu weinen anfingen, und hätte dann auch nur mit

99

den anderen »mitgeweint«. Daß man in der Schule oft überstreng war, nahm es gleichmütig hin, oder empfand es sogar als eine ihm erwiesene Aufmerksamkeit; über die Ungerechtigkeiten wunderte es sich (was im übrigen eine recht wirksame Art der Auflehnung war); und das Lernen verlor mit der Zeit das Stoffbeschwerte und hob sich sogar vom Tagverlauf ab als ein belebendes Gewinnspiel; ein Schulheft aufzuschlagen, konnte – in der Wiederholung auch für den Erwachsenen – der Blick in eine schöne Freiluft und Helligkeit sein.

Im Sommer danach – am Ende des zweiten Jahres in der kleinen Schule – gab es ein Schlußfest, wo der Erwachsene das Kind, welches er sich schon gewohnheitsmäßig als jemand Unbeholfenen gedacht hatte, auch in einer Art körperlicher Verwandlung erblickt. Es bewegt sich da draußen im Garten bei einem Tanz, der eher ein kleiner Reigen ist; schon mit dem Anfangsschritt die Selbstverständlichkeit in Person; und es tanzt nicht nur als eine unter den andern, sondern ist sogar, wie im weiteren Verlauf offenbar wird, des Reigens Anführerin, ohne die kleinste Miene der Verschämtheit, die der befangene Zuschauer doch befürchtet hatte. Sie ist es, die jeweils das Zeichen zum Schneller- und Langsamer-Werden und zum Ändern der Richtungen gibt, in einem ruhigen Triumphieren, mit dem im Nachbild auch das gesamte Gartenvolk zwischen dem wallenden Schulhofstaub zu kräftigen Farben erblüht.

Die Verklärung kam wohl vor allem durch den Abschied; denn die kleine Schule hörte mit demselben Tag auf, zu existieren, und ihre Schüler verloren sich in die verschiedenen Richtungen. Im folgenden Herbst wechselten sie in die öffentlichen Schulen, fast jeder in eine andere.

7

Als Folge eines Umzugs in ein Vorstadthaus, auf dem Hügelplateau jenseits des
Flusses, stand auch die neue, die staatliche
Schule außerhalb der Stadtpforten, ziemlich
nah an einer großen Eisenbahnstrecke, die
westwärts ans Meer führte. Der Erwachsene
stellte sich den Übergang für das Kind hier
erträglich vor; er fühlte sogar Zuversicht,
weil das Gebäude und seine Lage in vielem
der geliebten »kleinen Schule« entsprachen:
auch hier die mit Grün bewachsenen Fassa-
den und die dunklen Holzteile im Gemäuer,
die eher an einen großzügigen Landsitz oder
an eine Herberge denken ließen als an ein
Schulgebäude. Ähnlich auch innen der
Grundriß der Klassen, die Fenster in der
gleichen Himmelsrichtung wie zuvor, mit
dem Blick auf die Bäume eines Hofs, wo sich
in Wurzeladern, Büschen und Wirbeln von
Unterholz die Schlupfwinkel des alten Gar-
tens wiederholten (nur alles eben um einiges
größer). Einer der Wege zum Schulhaus war

sogar ungepflastert wie jener Erdpfad und verlief in einer vergleichbar sanften Steigung – was das Kind doch besonders anheimeln mußte?

Aber dieses erstarrte vor der neuen Schule in einem Widerwillen, der sich auch mit der Zeit nicht auflöste, sondern zu einem täglich verstärkten Zurückschrecken wurde. Nicht einmal das Rezept mit den Abendspaziergängen schlug jetzt mehr an: da lag dann wohl ein Ort im Frieden – aber am nächsten Morgen wieder nur das ortlose Elend. (Zäh sich ziehender Kummerspeichel schon im voraus an den Frühstücksbissen.) Am Anfang hatten es daheim noch öfter Mitschüler besucht, von denen es freilich tags darauf in der Schule geradezu gemieden wurde. Das Kind wußte dann auch – noch nicht acht Jahre alt – den Grund und sprach ihn aus, mit dem folgenden Satz: »Die mögen mich nicht, weil ich deutsch bin.«

Das war jedoch noch nicht das schlimmste – derartige Worte, überhaupt Anfeindungen durch Worte, berührten es weniger: arg war wohl vor allem das Nichtgesehenwerden, das Beiseitegestoßenwerden, die immer vergebliche Platzsuche – so daß das am meisten zu Fürchtende jetzt gerade die »Pausen« wurden. Wenn der Erwachsene dann spätnachmittags das Kind abholen kam, hatte ihn dieses in der Regel, auch aus den entferntesten Ecken, schon lange erspäht gehabt.

Verzweiflung konnte bei Großen ja auf viele Arten versteckt werden, aber einem Kind merkte man sie in jedem Fall an; und es war unerträglich, ein hoffnungsloses Kind zu sehen. Es erschien da geradezu dringend, seinen Schutzbefohlenen von der Schule zu nehmen; und als der Mann in jenen Monaten einmal, von sich selber überrascht, laut sagte, sie könnten doch gut auf Dauer zu zweit, ohne andre bleiben, kam von dem so Angesprochenen, wie aus dem Innersten heraus, ein fast unheimlicher Ausruf oder Klagelaut der Zustimmung.

Der Erwachsene besann sich: War das Bild des in dem Reigen der anderen tanzenden Kindes nicht eine Erkenntnis gewesen? –

Nein, das Kind gehörte nicht zu ihm allein. Ja, es brauchte eine größere Gesellschaft, und war zu einer solchen fähig und auch geschaffen! Das war der Weg, und die zu ihm passende Gesellschaft gab es, und ein Umkehren kam nicht in Frage.

Eine eigenartige Wiederholung jenes Tanzes brachte dann die Gewißheit. Eine Lehrerin der ehemaligen, der kleinen Schule war gestorben, und der Erwachsene fuhr mit dem Kind an einem Novemberabend zur Totenmesse, aus der Vorstadt zurück ins alte Stadtviertel. Fast alle ehemaligen Schüler waren mit ihren Eltern in die Kirche gekommen, und schon während der Zeremonie drehten die Kinder, von denen die meisten sich nach dem Schlußfest nicht mehr gesehen hatten, die Köpfe unablässig nacheinander. Auffällig, wie in dem düsteren Gewölbe nicht nur die Kleider der Kinder heller erscheinen als die der Größeren, sondern auch ihre Gesichter, überhaupt ihre Umrisse; oder kommt das von den verschatteten, unbeweglichen Erwachsenen-Gestalten? – Da-

nach, beim Zusammenstehen auf dem Vor-
platz, sind fast nur noch die Kinder zu hören. Sie schreien, lachen lauthals, umfassen
einander unordentlich und kugeln mit Ge-
kreisch zwischen den leise sich unterhalten-
den Trauergästen, die ihnen den Tanz aber
nicht verwehren, sondern von der wilden
Heiterkeit ringsum vielleicht tiefer berührt
werden als von der vorangegangenen Trau-
erfeier. Es ist ein selten klarer Abend, mit
dem gelb leuchtenden vollen Mond über
dem Viertel und dem dämonischen Ringel-
reihn der Kinder darunter. – Schwer fällt
danach die Trennung; eine Entflechtung
vieler verschlungener Arme und Beine, die
kurz zu einem einzigen Körper gehörten. Es
wird spät, bis das Kind in dem Vorortbus
sitzt, fast allein mit dem Erwachsenen. Es ist
erschöpft, doch zugleich ganz wach und,
man kann sagen, selig. Vor allem ist es die
Verwunderung: auf einmal sämtliche Leute
von früher wiedergesehen zu haben, von
ihnen mit solcher Freude begrüßt worden zu
sein und in dem Reigen den Tod der Lehre-

rin ganz vergessen zu haben. Das Innenlicht in dem leeren Nachtbus ist sehr weiß; die Metallstangen spiegeln. Sie überqueren die Brücke: der Fluß führt Hochwasser und erscheint in dieser Nacht ungewohnt breit und dunkel, mit einem Mondschimmer hier und dort, und aus den Fluten stehenden Buschwipfeln. In einer tragischen Schönheit zeigt sich da dem Augenzeugen das begeisterte, lebensglühende Gesicht des für sich sitzenden und wieder und wieder die Stunde mit den anderen heraufbeschwörenden Kindes.

Jene verstorbene Lehrerin war dem Kind sehr zugetan gewesen, und in der Folge ging dem Erwachsenen auch auf, daß die Fremdheit an der neuen Schule nicht etwa von deren »Staatlichkeit« kam – wie er das vorschnell aus der eigenen Vergangenheit übertragen hatte –, sondern einzig von der zuständigen Lehrperson, die für das Kind (vielleicht nur für dieses?) nicht die richtige war. Es wurde eine Erfahrung, daß es eine

Freundlichkeit gab, leidenschaftslos, götzenhaft (ohne den guten Macht- und Eingriffswillen), die, von einem Lehrer geübt, sich als etwas Böses, als die Ungnade auswirken konnte. Vielleicht erkannte der Erwachsene darin die eigene häufige Geistesabwesenheit wieder und wußte so, daß da die Unmenschlichkeit herkommt – doch zusätzlich sträflich schien es, daß manche Lehrpersonen wohl zeitlebens nicht einmal von einer Ahnung angeflogen wurden, was ein Kind ist. Sie redeten mit ihm – stimmlos; betrachteten es – blicklos; und ihre Ruhe und Geduld mit allen war bei dem einzelnen nur Teilnahmslosigkeit.

Nach dem ersten Halbjahr hörte das Kind auf, sich gegen die neue Schule zu sträuben, und berichtete auch kaum mehr von seinen Tagesabläufen. Es schien sogar mit seiner Lage einverstanden; nur beim Aufblicken erschien manchmal eine Schicksalsergebenheit, wie sie der Erwachsene bis dahin erst in den Augen eines einzigen, noch dazu schon älteren Menschen bemerkt hatte: sie ließ an die äußerste, traurigste Gewalt denken.

In einer ruhigen Stunde, wo er es, wie früher, wieder einiges fragen konnte, sagte das Kind dann, daß es sich selber nicht mehr möge. Die anderen seien schon recht; aber »mit mir stimmt einfach etwas nicht«.

Am nächsten Morgen wendete sich der Mann, wie schon ein paarmal zuvor, an die Lehrperson, bemüht, sich nicht zu ereifern, ohne doch Wörter wie »Einsamkeit«, »Not«, »Ausgeschlossensein« vermeiden zu können, welche in der Fremdsprache vielleicht noch weit formelhafter klangen als in der eigenen. Auf einmal erkannte er, daß das höflich zuhörende Gegenüber ihn, im umfassenden Sinn, nicht verstand. Allmählich erschien in den Augen der Lehrperson ein seltsamer Ausdruck, den der Fürbitte Einlegende nie vergessen wollte – etwas wie Belustigung; und zwischendurch sogar der blanke Hohn – jemandes aus dem »fremden System«, wo man gar keine Vorstellung haben konnte von so etwas wie »Verlassenheit«.

In diesem Moment steht der Entschluß fest: das Kind wird noch am selben Tag, wenn auch mitten im Jahr, von der Schule gehen. (Offenes Grinsen auf dem Gesicht der Lehrperson, die zugleich Flugblätter für eine ferne Sache verteilt.) Aber es wird auch keinen einzigen Tag bei dem Erwachsenen im Haus bleiben: dieser macht sich gleich nach dem Gespräch auf den Weg zu einer anderen Schule, die ebenfalls an der Bahnstrecke liegt, nur jenseits der Gleissenke. Das einzige, was er von ihr bisher weiß: sie trägt den Namen eines Heiligen, dessen Statue auch auf dem asphaltierten Hof steht.

Doch auf jenem Gang stört es ihn nicht, daß die Schule einer religiösen Tradition angehört, die ihn selber einst mit viel Todeskälte, Gespensterglauben und Geistfeindlichkeit umstellte; jetzt leben vielmehr Farbenpracht, Inbrunst, Nachbarschaftlichkeit, arglose Kindlichkeit, Daseinsfreude und mystische Einheit wieder auf, worin die Kirche (oder wenigstens ihre grundlegenden

Schriften) andrerseits gewiß auf Dauer bestärken konnte. – Mit ihm allein hatte das Kind ja bisher wenig von einer Tradition mitbekommen (über kurze Bibelvorlesungen hinaus, wo freilich allein die Begebenheiten zählten, ohne einen Hintersinn). Ein paarmal waren sie gemeinsam zur Messe gegangen: im Ausnahmefall hatte das Kind dann sogar gemeint, es seien dort alle so »gut« zu ihm gewesen – aber sonst wurde man in den Kirchenräumen gleich beim ersten Ton schon angeödet und geradezu in der Seele gekränkt von dem in der Regel ganz geistesabwesenden, unernsten und bösen Gebaren der gegenwärtigen falschen Priester und den ebenso bösartigen, herz- und kopflosen Stimmen all der gegenwärtigen falschen Gläubigen.

Und trotzdem ist der Mann auf dem Weg neben den Eisenbahnschienen davon durchdrungen, daß die Schule unter dem Zeichen des Heiligen für das Kind jetzt der richtige Ort sein wird; und schon im voraus weiß er, daß man das Kind dort aufnehmen muß: auch wenn kein Platz mehr sein sollte, wird für es eben einer geschaffen werden.

Es ist ein heller kalter Märzmorgen. Hinter einer freistehenden weitastigen Zeder auf einer Straßenbrücke raucht ein Aufruhrshimmel, flutblau; in der Senke das Pfeifen, Sirren und Brausen der Fernzüge; und in der Weltstadttiefe erscheint der Fluß mit seinen inmitten des Bautengewürfels durchscheinenden, gleichsam erstarrten Mäandern wie ein schlafender Riese. Der Mann geht im Laufschritt, so wie man sich einst bei dem Geschichtsschreiber auf eine Entscheidung zubewegte; läutet an der falschen Tür, wird zu der richtigen gebracht und ist dort auch tatsächlich mit seinem – eher hingestotterten – Machtwort erfolgreich: schon am folgenden Morgen bleibt die Schule des Unglücks für immer jenseits der Bahnlinie, und das Kind, auch durch die Begeisterung des Erwachsenen überzeugt, daß es sein Wohl sein wird, läßt sich willig, sogar dankbar von der neuen Schar umringen. – Es handelte sich nur um einen Schulwechsel; und doch erschien dieser hier als etwas Lebenswichtiges.

Das Kind blieb den Rest des Jahres und das nächste Jahr auf der konfessionellen Schule (bis dann ohnedies die Zeit für die sogenannten höheren Schularten kam). Es war nicht die Schule der Schulen – die hatte es schon erlebt, und die existierte zudem nicht mehr (auch der Erdweg war inzwischen zugeteert). Aber die Harmlosigkeit jetzt tat dem Kind gut. Indem die Schüler, anders als zuvor, aus allen möglichen Häusern kamen und zugleich doch aus dem näheren Umkreis, zeigte auch die Vorstadt, die anfangs ohne Grenzen zu den umliegenden Gemeinden erschien, ihr eigenes, immer noch dörfliches Weichbild. Und auf der zugehörigen Schule herrschte eine Gewöhnlichkeit, die sich für das Kind als geradezu gesund erwies. Es überraschte damit, daß es selber mit Lust gewöhnlich sein konnte. Zunächst wollte ihm der Erwachsene noch die vermeintlichen Dummheiten verwehren, mit denen es zudem wie fremdgelenkt wirkte; aber dann sah er ein, daß auch die blödsinnigsten Sprüche und Witze dem Kind halfen, bei dem so lange entbehrten Mitspielen. Und recht war ihm schließlich auch, daß es nie ein Zeichen von Frömmigkeit gab; war ein gläubiges Kind überhaupt vorstellbar?

Im ganzen wurde in dieser Periode die Geschichte des Kindes, zum Unterschied von den vorangegangenen Jahren, weniger von der Schule bestimmt als von dem Haus, wo es meistens nur mit dem Erwachsenen war; beide oft für sich in getrennten Stockwerken. Jemand, der manchmal zu Besuch kam, sagte dazu später einmal, die beiden seien ihm da zunächst als »eher traurige Figuren« erschienen, und erst mit der Zeit habe er bemerkt, daß sie in Wahrheit eine überhaupt nicht unglückliche, sogar recht heitere und selbstbewußte Gesellschaft bildeten; und auch der Erwachsene konnte im nachhinein denken, daß er sich der Seligkeit nie so nahe gefühlt hatte wie damals.

Aber der größte Zwiespalt all der Jahre in dem anderen Land wurde immer wirksamer und war dann auch durch keine sonstige Harmonie mehr wegzudenken. Während die fremde Sprache dem Erwachsenen, unmerklich langsam, vertraut geworden war, redete das Kind, das damit doch sehr bald besser umzugehen gelernt hatte als selbst die Landeskinder, diese zweite Sprache nur mit Widerwillen. Es war zu erkennen, daß die sogenannte Zweisprachigkeit nicht bloß, wie man sagte, ein Schatz war, sondern auf die Dauer auch eine schmerzhafte Gespaltenheit bewirkte. Zu Hause mit dem Mann gebrauchte das Kind nie die Fremdsprache (höchstens im Unernst) und hörte andrerseits den ganzen Schultag lang kein Wort in seiner Haussprache. Wenn es dann, auch außerhalb des Schulbetriebs, mit den Einheimischen verkehrte, glaubte der Erwachsene oft sein eigenes Kind nicht zu kennen:

mit der anderen Mundart bekam es eine andere Stimme, zog andere Mienen und vollführte andere Gebärden. Aus der fremden Sprechweise folgte also auch ein ganz fremder Bewegungsablauf: wie nachgemacht und gekünstelt das eine, so marionettenhaft das andre – und daran war nicht mehr nur Angst zu bemerken, sondern schon Außersichsein (das freilich vielleicht etwas Alltägliches, Weitverbreitetes war und auch nur wenigen der Rede wert schien). Jedenfalls war dem Kind bei der Rückkehr ins Haus und damit in sein ursprüngliches Idiom immer neu eine Entspannung anzumerken, in der es wieder gern redete, einen ruhigeren Körper bekam und stiller die Blicke schweifen ließ. Beschrieb es nicht auch selber, wie es sich für die Zweitsprache jedesmal innerlich zurechtrücken und vor allem die Stimme ganz anders »einstellen« müßte?

Der Zwiespalt wurde im Lauf eines Jahres oft vergessen; aber als etwas Heilloses zeigte er sich am Ende der schulfreien Zeit, die das Kind jeweils im Herkunftsland verbrachte.

Der Schmerz der Ankunft zwischen dem Gewirr der fremden Aufschriften und Laute war danach mit keinem anderen Schmerz vergleichbar; es gab kein eisigeres Ausland als diese fremdsprachige Vorstadt.

An solchen Ankunftstagen stand es jedesmal fest, daß die Rückkehr in ein heimatliches Sprachgebiet etwas Notwendiges war, und zwar möglichst rasch (wenn diese auch regelmäßig neu aufgeschoben wurde, weil meist schon am folgenden Morgen die Heillosigkeit durch das Haus, die Gartenecken, die üblichen Gänge und Blicke wie weggezaubert war). – War außerdem nicht Heimkehrgrund genug, daß während des ganzen Jahrfünfts in dem andern Land kein einziges dortiges Kind zu einem Freund geworden war, sondern immer nur die Kinder aus wieder anderen Ländern – meist sogar aus anderen Erdteilen, verschiedenen Rassen?

Keine Vertröstungen mehr – das Kind wird in den Bereich seiner ersten Sprache zurückgehen. – Die Entscheidung wurde möglich, weil der Erwachsene auch für den eigenen

Lebensablauf eine Änderungsnotwendig-keit sah. Dank dem Kind (das ihm ja kaum Zeit für eine größere Arbeit ließ) hatte er allmählich den alten Ehrgeiz vergessen und betrieb einen immer lustreicheren, immer schwungvolleren Müßiggang; und für sein reines Gewissen dabei sorgte mit dem Kind auch noch die ausländische Umgebung, wo keiner ihn nach seinem Beruf fragte und er, wie es zudem seinem Existenzideal ent-sprach, sozusagen »ein anerkannter Frem-der« war. – Von seinen früheren Anstren-gungen war erst einmal Geld genug übrig, so daß auch hier nichts zu einer neuen Schuf-terei drängte. Auf langen Wegen im Um-kreis der vielen ineinander übergehenden Vorstädte erhellte sich da vor ihm eine un-erhörte Landschaft, von welcher er dann im Lauf der Jahre die nie gesehene, die immer-währende Karte hätte zeichnen können. War es das denn nicht: nichts mehr unter-nehmen – nur noch mit dem Kind (um die-ses freilich sich nach Kräften kümmernd) verborgen in der Lichtung »Fremde« bleiben; verborgen in einem ausländischen Vorstadthaus nahe der anderssprachigen Schule; verborgen in dem Auf und Ab der beispielhaft leeren Vorstadtstraßen, von deren Kuppen aus in der Tiefe die Weltstadt in immer neuen Augenblicken der Ewigkeit glänzte?

Jedoch gerade die Freude des Nichtstuns gab dann solch gebieterische Vorstellungen von einem größeren, friedlicheren, weitherzigeren, dem guten und einzigen Weltenplan, daß es ihn immer dringender nach einem Festhalten, einer Folge, einem Weitergeben verlangte. Die Erkenntnis eines Gleichgesinnten aus dem vergangenen Jahrhundert wurde dem im Für-Sich-Sein oft überreizten Müßiggänger zu einem Leitsatz: »Ohne meine Liebe zur Form wäre ich zum Mystiker geworden.« – Nein, auch er war nicht fähig, genügsam in der bloßen Anschauung, als ein Verzückter oder Versunkener, zu leben: er mußte zum Herrn seiner Einsichten werden; und dazu benötigte er eben doch wieder das Tätigsein.

So beschloß er, sich für ein Jahr von dem Kind zu trennen. Dieses blieb bei der Mutter, die ja nie eine Außenstehende geworden war, und ging dort, wieder im Herkunftsland, sogar in der Geburtsstadt, auch zur Schule. Die Trennung machte dem Kind wenig; was jetzt galt, war die eigene Sprache, und die Freunde (die erstmals im selben Haus lebten). Auch der Erwachsene, einst doch ein Verächter derjenigen, die für irgendein »Werk« die Alltäglichkeit im Stich ließen, entfernte sich im Bewußtsein seines guten Rechts: nach einem halben Dutzend Jahre fast immer allein mit dem Kind durfte er einmal versuchen, aufs Ganze zu gehen; und das schien ihm eben nur möglich ohne Abgelenktsein, in der alles sonst ausschließenden Konzentration. (Und zudem war er sicher, daß auch dem Kind die Abwesenheit des »ewigen andern« guttun würde.)

Abschiedstag im Spätsommer, in einem dritten Land, wo sie gemeinsam noch die letzten Wochen verbracht haben. Das Kind reist mit der Frau zuerst ab, in seine neue Richtung. Der Mann steht auf der Flugplatzterrasse und sieht die Maschine aufsteigen. Sie zieht hoch im Himmel, schon sehr klein, die Schleife nordwärts und erscheint zuletzt noch als ein Blinken in einer Wolkenöffnung; zu meinen Füßen Steinplatten, noch naß von einem Gewitterregen.

8

Sonst hatte der Erwachsene die Kinder insgesamt doch als ein fremdartiges Volk gesehen; zuzeiten auch als jenen grausam-gnadenlosen gegnerischen Stamm, »der keine Gefangenen macht« – barbarisch und sogar kannibalisch; und wenn nicht gerade menschenfeindlich, so doch untreu und nutzlos, und denjenigen, der keinen anderen Umgang hatte als mit solchen von keinerlei Gemeinsinn beseelten Meuten und Rotten, auf die Dauer verdummend und ihm den Geist entziehend. Und er nahm seinen eigenen Nachkommen von dieser immer wiederkehrenden Einschätzung nicht aus. Aber in jenem Jahr der Abwesenheit und der Arbeit, das er fast ständig unterwegs verbrachte, in den verschiedenen Erdteilen, wurden die Kinder alle, ohne daß sie Besonderes dazugetan hätten, zu seinen großen Helfern. Sie sind die »Unbekannten«, von denen er »gegrüßt« wird; und sie verhinderten, daß sein Blick zu weit ging und sich verlor. Eines steht in einer kritischen Stunde – von denen eine die andre gab – vor des Mannes Tür und hat sich im Stockwerk geirrt; und sein Anblick ist die Störung im rechten Moment und für das Weitere beflügelnd wie eine Karawanenmusik. Im Vorwinter betrachtet er von einer Bank in einem hügeligen Park eine Schulklasse, bei einem Gemeinschaftsspiel in einer Mulde. Nur eins aus der Gruppe nimmt nicht teil, sondern bewegt sich allein zwischen den andern, in immer weiteren Spiralen aus dem Kreis heraus, schaut sich dabei aber doch unablässig nach jemandem um. Wenn der Ball auf es zurollt, weicht es ihm ruhig aus; bleibt dann stehen und schwingt eine Zeitlang so auf der Stelle; hockt sich weg auf eine Bank und rutscht dort vor und zurück; öffnet zugleich immer wieder lautlos den Mund und schließt ihn: bei allem Verlassensein geht Sanftmut von dem Kind aus, und Selbstgewißheit. Sein überlanger Mantel ist bis unters Kinn zugeknöpft; von dem Schlamm in der Mulde ein Dampfen wie Feuerrauch; ein Leuchten in den Haarkränzen der Spielenden. – Im Spätwinter dann eine Busfahrt durch ein Gebirgstal; nur seltsam stille Kinder als Passagiere, auf dem Weg von der Schule heimwärts; in kleinen Gruppen oder einzeln steigen sie jeweils aus und verschwinden auf der Landstraße und auf den Feldwegen; frühe Dämmerung, Schneegestöber, vereiste Wasserfälle; durch die offene Wagentür einmal kurz der Wechselgesang zweier Vögel draußen in der Kälte, von einer unerhörten Traurigkeit und Verzagtheit, zugleich von einer derartigen Schönheit, daß es den Zuhörer drängt, das Klagelied für alle Zeit festzuhalten und Musik zu schreiben. – Im folgenden Frühjahr sieht er auf einer Zugfahrt durch ein nasses, trübes Tal neben den Gleisen flink ein Kind hergehen und kann es in Gedanken ansprechen: »Sei gelobt, fremdes Kind mit dem Hüpfschritt!« – Und danach wieder eine Busfahrt – wieder fast nur mit Kindern, in der Dämmerung, dann Dunkelheit –, und dazu der unwillkürliche Satz: »Sind die Kinder zu retten?«

Denn im Lauf der Zeit glaubte der Reisende zu erkennen, daß diese ausnahmslos etwas entbehrten, und auch etwas erwarteten. Die Säuglinge, die er sah, in den Flugzeugen, in den Wartesälen, oder sonstwo, waren nicht bloß »quengelig« oder unruhig, sondern schrieen aus der Tiefe. Aus den friedlichsten Landschaften erscholl in der Regel bald das Jammergebrüll eines Wesens, das da irgendwo nach einem Angehörigen rief. Aber die Kinderschaft bedurfte offenkundig auch der beliebigen ihnen begegnenden Fremden: im Geschiebe der Boulevards, Supermärkte und Untergrundbahnen zeigten sich doch immer wieder als das einzig Gewisse jene weit offen stehenden, kaum blinzelnden Augenpaare, die, auf halber Höhe der Erwachsenen, tatsächlich jeden einzelnen in einer noch so großen Menge wahrnahmen und dort einen Antwortblick suchten (wie auch der Passant sich darauf verlassen konnte, von ihnen im Vorübergehen hilfreich bemerkt zu werden).

Es wurde ihm dann klar: »die modernen

Zeiten«, die er doch so oft verwünscht und verworfen hatte, gab es gar nicht; auch »die Endzeit« war nur ein Hirngespinst: mit jedem neuen Bewußtsein begannen die immergleichen Möglichkeiten, und die Augen der Kinder im Gedränge – sieh sie dir an! – überlieferten den ewigen Geist. Wehe dir, der du diesen Blick versäumst.

Eines Tages steht er im Museum vor dem legendären Bild, das den Betlehemitischen Kindermord zeigt: ein Kind, im Schnee, hebt da die Arme nach der Mutter, einen Fuß nach hinten verdreht, in Kopftuch und Schürze; der Scherge, mit gekrümmtem Zeigefinger, greift schon nach ihm; und der Betrachter, als geschehe das alles gerade jetzt, denkt wörtlich: »Das darf nicht sein!«, und faßt seinerseits den Vorsatz zu einer anderen Überlieferung.

Im Frühsommer, auf der bewußt umwegreichen Rückkehr, fährt er an einem Sonntagnachmittag mit dem Linienschiff über einen großen See, schon im eigenen Sprachraum. Das vielbeschworene (auch von ihm erträumte) Volk gab es da – das war inzwischen Gewißheit – seit langem nicht mehr: die für die Schönheiten im Land gesorgt hatten, waren längst gestorben; und die meisten Lebenden hockten böse da, weil es keinen Krieg gab. Von all den Nußbäumen – so sein Fluch – sollten aus den runden Früchten spitze Messer auf diese Unfruchtbaren unten im Schatten fallen und sie vertilgen! – Aber an dem bewußten Tag sitzt ihm gegenüber, oben auf dem Deck des Schiffs, ein Mann mit dunklem Anzug und offenem weißen Hemd; neben ihm ein ähnlich gekleidetes Kind. Es ist eine Ausnahme, daß die beiden so zusammen sind. Der Mann ist an irgendeiner Großbaustelle beschäftigt und sieht sein Kind selten; sie kommen aus einer Gegend, wo es weder solche Seen gibt noch Schiffe. Sie sind jedoch keine Urlauber von weither, sondern Einheimische, die einen Ausflug machen. Vielleicht sind sie zum ersten Mal so allein unterwegs, und jedenfalls ist es nur für diesen Sonntagnachmittag. Sie zeigen keine besondere Freude; sitzen still, sehr gerade, und sind aufmerksam. Die Luft ist klar, und die Ufer wirken nah, mit dem Nadelwaldbraun sanftgelagerter Hügelrücken. Mann und Kind haben die Hände auf die Knie gelegt. Von Zeit zu Zeit fragt das Kind etwas: ohne Kinderstimme; und der Mann gibt die Antwort, einsilbig und zugleich erschöpfend: ohne die Süßlichkeit und zugleich Geistesabwesenheit, womit die Erwachsenen so oft zu den Kindern reden; manche sogar mit künstlichen Sprachfehlern. – Es ist eine nachmittaglange Fahrt, von Anlegestelle zu Anlegestelle, kreuz und quer über den See. Das Gesicht des fremden Mannes wird zunehmend schattig; das Kind erscheint ernst wie am Anfang. Sie sitzen im immergleichen Abstand und bilden eine eigene, dunkle Gruppe auf dem Schiff; die einzige dort. Eine mächtige Trauer geht von den beiden aus, mit einem Leuchten der Würde und der Erhabenheit; und der Betrachter erfährt jetzt dieses Schwarz als eine Farbe und begreift es neu als Farbe eines Volks; und nie hat er ein dem Himmel näheres Paar gesehen – oder dieser wirkt über den beiden jedenfalls nicht mehr so arg weit entfernt. – Hinter den Hügelrücken eine Gewitterwand; und auf den Kuppenbaumkronen ein heller Grenzsaum, nicht bloß ein Glanz, oder Schein, sondern etwas Stoffliches, aus dem sich jetzt in den Windböen wieder die Meereswellen bilden und dann horizontweit dahinpreschen, eine nach der andern, als die »Vorreiter« in die *Zielzeit*: die Menschheitszeit – die Ewigkeit. – In der Dämmerung werden die zwei vom Schiff gehen und zu Fuß durch die Stadt zum Omnibusbahnhof wandern. Falttüren werden sich öffnen, und Staubschwaden werden über das verlassene Terrain wehen. Mit den ersten Regentropfen wird der Staub zu Kugeln rollen. Die Nacht über wird der leere Bus irgendwo auf dem Land stehen, in einem Dorf mit dem Namen *Gallizien*; für die Rückfahrt in die Stadt im Morgengrauen. (Dritter Ortsname in der Geschichte des Kindes.)

Nebliger Ankunftstag im Spätherbst: nur der Zurückgekehrte ist wirklich. Das Kind war ohne den Mann robuster geworden. Es konnte sich selbst verteidigen und verstand auch nicht, daß es sich früher »nie gewehrt hatte«. Trotzdem war es verletzlich wie je und würde wohl immer wieder wie unzugehörig beiseitestehen.

Die vielen Ortswechsel hatten es nicht orientierungslos gemacht: es wußte sogar, in welcher Richtung, von seiner Wohnstraße aus, Nordpol und Südpol lagen. Von dem stadtüblichen Akzent hatte es kaum etwas angenommen; aber in seinem Reden kamen inzwischen einige derartige Große-Leute-Brocken vor (neben den weit erträglicheren Comic-Kürzeln), daß der Mann es fragen wollte: »Bist du noch ein Kind, oder schon eine Deutsche?« Zum andern war seine Spielfreundin wieder einmal kein Landeskind, sondern stammte aus dem bewährten fremden Erdteil; und die zwei waren so verwandt, daß sie einander sogar rufen konnten »wegen einer Wolke«. (Für die meisten anderen Kinder seien die Himmelserscheinungen und die Bäume »gar nichts«.)

Es hörte dieselben Schlager oder Lieder, bei denen einst der Mann seine erste Anschauung von Anmut und Freiheit erlebt hatte. Bedenklich vielleicht, wie oft, wenn es jetzt allein war, seine Wege nur fahrig vom Fernseher zum Kassettenrecorder und zurück gingen. Doch der Erwachsene befahl sich Vertrauen, erkannte dann auch hier mit der Zeit die Ordnung hinter dem Durcheinander und konnte das Kind, wenigstens manchmal, so sein lassen.

Zugleich bemerkte er an sich eine neuartige Lust, »zu erziehen« – obwohl das einzige, was er ihm hätte beibringen können, ausging von der innersten Sprache des »Ich bin stärker als alle« (und er wollte auch »nie eine Plakette mit gleichwelcher Parole auf deiner Schultasche dulden!«). Aber um von dem Kind gehört zu werden, mußte man viel lakonischer sein. So blieb der Meister immer noch das andere, indem es ihn lehrte, mehr Zeit für die Farben draußen zu haben; genauer die Formen zu sehen; und in der Folge tiefer – nicht bloß in Stimmungen – den Ablauf der Jahreszeiten an einem sich entrollenden Farn, einem zunehmend ledrigen Baumblatt oder den wachsenden Ringen eines Schneckenhauses zu empfinden.

Von ihm erfuhr er auch das Eigentliche über das Wesen der Schönheit: »Das Schöne sieht man so schlecht.« Zuzeiten konnte es tatsächlich zaubern (wie wohl viele seinesgleichen – das wußte der Mann durch das Jahr der Abwesenheit). Hinter seiner Unauffälligkeit steckten dämonische Fähigkeiten und Künste, bei deren Ausübung dann eines Tages erstmals an dem Kinderkörper etwas wie Schweiß zu riechen war: als der süße, fruchtbare Schweiß der Schöpfer. An einem Nachmittag sieht es der Erwachsene allein in der Stadt umhergehen, von niemandem wahrgenommen und alles betrachtend, wie der Kalif in der Sage, und bemerkt dann noch mehr vergleichbare Streuner bei den Wonnen der Verborgenheit, als die heimlichen Herrscher all der Märkte, Gassen und Passagen.

Im Gegensatz dazu freilich Handlungen (und, viel öfter noch, Unterlassungen) des Kindes, bei denen man immer wieder die Pflicht zu einer geregelten Erziehung fühlte. Es waren nicht Böswilligkeiten oder Missetaten, sondern Unachtsamkeiten, Gleichgültigkeiten und insgesamt eine Art von Weltvergessen, welches aber empörend war wie nur je eine Gesetzlosigkeit. Einmal war der Erwachsene Zeuge der folgenden Schmähung geworden, die jemand andrer an den eigenen Sohn gerichtet hatte: »Schande deiner Eltern! Knechtsgesicht! Teilnahmsloser Idiot! Gesetzloser Begierdensklave! Patron der Undankbarkeit! Goldenes Kalb deiner selbst! Große Salzsäule der Rücksichtslosigkeit! Kern meiner Bitterkeit! Monument der Selbstbezogenheit! Tyrann Ohneherz! Wunder der Faulheit! Tempel der Trägheit! Sitz aller Laster! Ausbund der Ziellosigkeit! Folterer mit der Unschuldsmiene! Verhinderer des Großen! Mein nächster Angehöriger und mein ärgster Feind! Ursache all meiner Alpträume! Unheilbare Wunde in meiner Brust! Muster der Bequemlichkeit, der Mitleidsunfähigkeit, der Launenhaftigkeit und des Banausentums! Es ist aus zwischen uns beiden! Ich will nicht mehr wissen, wer du bist! Dein Name wird in diesem Haus nicht mehr ausgesprochen werden! Hinweg von hier!« – Und das so biblisch klar Angeredete hatte diese Sprache auch verstanden, war blaß und schwieg betroffen; und der zuhörende Dritte wollte sich an der Litanei ein Beispiel nehmen. Aber sooft er dann selber Ähnliches versuchte, fehlte ihm die nötige leidenschaftliche Stimme, die aus dem Vorbild gesprochen hatte wie aus einem Donnergott. Als er wieder einmal nur tonlos laut ist, bemerkt er mittendrin, daß das Beschimpfte all die Zeit auf einen Blick wartet, und daß es nicht vor ihm steht, und nicht ihm gegenüber, sondern *unter* ihm.

Im folgenden Frühjahr wurde das Kind zehn Jahre alt. Es freute sich seines Geburtstags und ließ sich selbstbewußt ehren. Es verbrachte dann auch schon ganze Tage ohne die Erwachsenen und wirtschaftete allein oder mit seinesgleichen.

In einem nahen Laubwald (wieder nach einem Ortswechsel, jedoch im kindeseigenen Sprachbereich – manche scheinen eine solche Heimat nötig zu haben), durch den jetzt der Schulweg führte, waren die Vogelhäuschen fast alle mit Hakenkreuzen bezeichnet. Das schien niemandem da aufzufallen; doch als der Erwachsene mit dem Kind davon redete, wußte es jede einzelne böse Stelle. Im folgenden Winter, als keine Blätter mehr die Häuschen halbwegs verdeckten, wurde der Anblick unzumutbar. Der Vorschlag, die übelstumme Kriegsmalerei gemeinsam überstreichen zu gehen, erscheint dem Mann selber zunächst etwas verstiegen; aber überraschend ist das Kind sofort ganz dafür, und man verbringt einen Vormittag mit Lack und Pinsel zwischen den Bäumen. Kleine

Tat; befriedigte Ausrufe; finster leuchtende Rächeraugen.

Im folgenden Frühjahr, an einem für den Breitengrad ungewohnt lauen, winddurchfächelten Sonnentag steht das Kind vor dem Haus in einem sandigen Hof. Das Gelände steigt leicht an und wird hinten gesäumt von einer Gebüschreihe. In dem Buschwerk öffnen und entfalten sich tiefe, schwarze Zwischenräume, in Übereinstimmung mit den im Vordergrund fliegenden Haaren, wie vor fast einem Jahrzehnt bei dem Alleingang an den fremdländischen Fluß (die Haare sind nur länger geworden, mit dunkleren Strähnen dazwischen); und durch diese Räume geht es jetzt, in einem allgemeinen wilden Wehen, bis an das Ende der Welt. Nie durften solche Augenblicke vergehen, oder vergessen werden: sie verlangten einen Zusatz, in dem sie weiterschwingen könnten; eine Weise; den GESANG.

An einem regnerischen Morgen im folgenden Herbst begleitet der Erwachsene das Kind ein Stück zur Schule. Die Tasche mit den Lernsachen ist im Lauf der Jahre so schwer geworden, daß das damit Beladene den Beinamen »Sklave der Schule« bekommen hat. Andere Schüler schließen sich an, und das Kind geht mit diesen allein weiter. Die Straße, naß und dunkel, führt gerade auf eine Gruppe von Neubauten zu. Davor das gleichmäßige Pendeln von Platanenkugeln. Das Helle in dem Bild sind die Balkonbrüstungen und die blinkenden Fenstervierecke im Straßengrund, und davor die Metallverschlüsse und Namensschilder der Taschen auf den Rücken der gehenden Kinder. Beides verbindet sich jetzt und richtet sich auf zu einer einzigen, der einzigen, einer flammenden, in die Augen stechenden, noch zu entziffernden Schrift; und der Augenzeuge denkt hier und später immer wieder den Satz des Dichters nach, der für jede Geschichte eines Kindes gelten sollte, nicht nur für eine geschriebene: *»Cantilene: die Fülle der Liebe und jedes leidenschaftlichen Glücks verewigend.«*